Un traître pour amant

JENNIE LUCAS

Un traître pour amant

Traduction française de
LOUISE LAMBERSON

AZUR

HARLEQUIN

Collection : Azur

Titre original :
PENNILESS AND SECRETLY PREGNANT

HARPERCOLLINS FRANCE
83-85, boulevard Vincent-Auriol, 75646 PARIS CEDEX 13
Service Lectrices — Tél. : 01 45 82 47 47 - www.harlequin.fr
ISBN 978-2-2804-5647-0 — ISSN 0993-4448

Composé et édité par HarperCollins France. Achevé d'imprimer en mai 2021.
par CPI Black Print - Barcelone - Espagne
Dépôt légal : juin 2021.

FSC www.fsc.org MIXTE Papier issu de sources responsables FSC® C159065

Pour limiter l'empreinte environnementale de ses livres, HarperCollins France s'engage à n'utiliser que du papier fabriqué à partir de bois provenant de forêts gérées durablement et de manière responsable.

1.

Leonidas contempla la jeune femme endormie dans ses bras, la créature délicieuse avec laquelle, depuis déjà un mois, il vivait la liaison la plus passionnée de sa vie. Après des années de relations brèves et superficielles avec des femmes superbes mais au cœur aussi froid que le sien, Daisy Cassidy l'avait réchauffé.

Mais cela ne pouvait pas durer ainsi. Il devait lui révéler sa véritable identité. Il avait repoussé ce moment, jour après jour, incapable de résister au désir qui le consumait. Comme à cet instant. Après une nouvelle nuit de passion, il brûlait de la prendre à nouveau.

Les explications pouvaient bien attendre vingt-quatre heures de plus. Il lui parlerait demain.

Non ! Il fallait en finir. Maintenant. Daisy était tombée amoureuse de lui. Leonidas le voyait sur son visage, dans ses incroyables yeux verts. Pour elle, il était Leo Gianakos, un homme honnête, généreux. Elle le trouvait *parfait*. Et le prenait pour un modeste employé.

Peut-être que s'il l'emmenait chez lui, dans sa maison de Manhattan, le choc serait moins brutal ? Peut-être Daisy lui pardonnerait-elle plus facilement quand elle verrait ce qu'il avait à lui offrir ?

Comme si Daisy allait se laisser attendrir par le luxe et le confort ! Une fois qu'il lui aurait tout dit, elle le haïrait.

Daisy s'étira voluptueusement et souleva à demi les paupières. Elle se sentait si bien, avec Leo. Dans sa merveilleuse chaleur. Elle était… amoureuse de lui.

— Daisy, murmura-t-il. Tu es réveillée ?

Elle tressaillit et ouvrit grand les yeux. Déjà la veille au soir, lorsqu'il l'avait emmenée dîner dans un restaurant huppé, en plein cœur du quartier branché de Williamsburg, elle avait été… inquiète. Désemparée. Pas seulement parce qu'elle se sentait déplacée dans ce cadre ultra raffiné, mais à cause du doute affreux qui revenait la hanter.

Était-il possible qu'elle soit enceinte ?

Doucement, il lui encercla la taille de son bras musclé.

— Daisy ?

Refoulant ses craintes, elle lui sourit, mais il la dévisagea en silence, l'air un peu désarçonné.

— Tu as bien dormi ?

— *Dormi* ? répéta-t-elle en haussant un sourcil, l'air malicieux.

Leo sourit et contempla sa bouche, laissa descendre son regard sur sa gorge, ses seins à moitié découverts. Lorsqu'il les effleura du bout des doigts, Daisy se demanda de nouveau si elle pouvait être enceinte. Non. Impossible. Ils avaient toujours utilisé des préservatifs, même lors de leur première et folle étreinte, quand il lui avait pris sa virginité.

Pourtant, ses seins semblaient plus sensibles, plus volumineux…

Leo soupira et interrompit ses enivrantes caresses.

— Il faut que nous parlions, Daisy.

Elle déglutit. Trouvait-il lui aussi que son corps avait changé ?

— Parler de quoi ?

— J'ai quelque chose à te dire qui ne va pas te plaire, répondit-il d'une voix grave.

Les yeux sombres croisèrent les siens tandis qu'une nouvelle crainte assaillait Daisy.

Que savait-elle de lui, au fond ?

Leo Gianakos était apparu dans sa vie un mois plus tôt, tel un miracle, un rêve, avec son regard ténébreux, sa peau hâlée et son sourire dévastateur. Dès le premier instant, elle avait été séduite par sa beauté et son charme viril et n'avait même pas cherché à lui résister, si bien qu'ils avaient terminé la soirée au lit. Et depuis ce jour magique, ils avaient passé quasiment toutes leurs nuits ensemble.

Mais en fait, elle ne savait quasiment rien de lui. Elle ignorait où il travaillait, habitait. Leo avait toujours éludé toute question personnelle.

Peut-être parce qu'il vivait dans un studio minuscule ou partageait un appartement avec d'autres colocataires. Tout le monde n'avait pas la chance d'avoir pour ami un artiste fortuné, comme c'était son cas. Si Franck ne lui avait pas généreusement proposé de s'installer chez lui pour garder l'appartement en son absence, elle aurait elle aussi vécu dans un studio minuscule ou partagé un logement avec d'autres colocataires.

Aussi Daisy n'avait-elle pas insisté. Ils étaient heureux, cela lui suffisait.

Mais à présent, pour la première fois, une idée horrible la traversait. Pouvait-il y avoir une autre raison, plus sordide, au silence de Leo ? À son refus de lui dire où il travaillait ? De l'inviter chez lui ? Était-il…

— Tu es marié ? demanda-t-elle, le cœur battant à tout rompre.

Leo haussa les sourcils, puis il éclata de rire.

— Marié ? Si c'était le cas, tu crois que je serais ici, au lit avec toi ?

— Je n'en sais rien. Tu l'es ? insista-t-elle.

— Non, je suis célibataire. Et si tu veux tout savoir, j'ai bien l'intention de le rester. À vie.

D'un côté, Daisy se sentit soulagée, mais de l'autre…

— Je sais si peu de choses sur toi, Leo. J'ignore où tu travailles, où tu vis.

D'un geste brusque, il repoussa le drap et sortit du lit. Elle contempla la haute silhouette se découpant dans la lumière du jour naissant, et se délecta de la vision du dos musclé, du corps superbe de son amant.

Sans la regarder, il se pencha pour ramasser ses vêtements et commença à se rhabiller. Quand il eut enfilé sa chemise, il se retourna en la boutonnant d'un geste brusque, puis baissa les yeux sur Daisy.

— Tu tiens vraiment à voir où je vis ? C'est si important pour toi ?

— Bien sûr, que c'est important ! s'exclama-t-elle en se redressant.

Serrant le drap contre sa poitrine, elle embrassa le vaste espace du regard, avec ses fenêtres donnant sur les gratte-ciels de Manhattan.

— Tu crois que je vivrais dans un endroit pareil si le meilleur ami de mon père n'avait pas eu pitié de moi ? Franchement, je me fiche que tu habites dans un studio minuscule. Je me fiche du boulot que tu fais. Quoi que tu fasses, je te trouverai toujours parfait.

Se figeant, Leo la regarda.

Il allait rompre… Daisy le devinait à son expression, à la tension qui se lisait sur son beau visage. Elle avait toujours su que ce jour viendrait. Leo avait dix ans de plus qu'elle, il était sexy, magnifique. Elle n'avait jamais compris ce qu'il lui trouvait. Elle était une femme ordinaire, sans intérêt. Une banale serveuse.

Et si jamais elle était bien enceinte, et qu'il l'apprenait…

— Tu veux venir chez moi ? Là, maintenant ? demanda-t-il, crispé.

Il ne rompait pas ! Il voulait l'inviter chez lui !

— D'accord, répliqua-t-elle en souriant. Je vais prendre une douche…

Quand elle traversa la chambre, nue, Daisy sentit le regard de Leo dardé sur elle. Avant même qu'elle ait eu le temps d'entrer dans la spacieuse cabine de douche, il la rejoignit et se débarrassa à la hâte des vêtements qu'il venait à peine de renfiler. Puis il l'embrassa avec passion tandis qu'elle l'attirait sous le jet puissant. Ils se lavèrent l'un l'autre, Leo la caressant dans les endroits les plus secrets de son corps. Ensuite, il lui lava les cheveux. Lorsqu'il eut terminé de les rincer et que Daisy rouvrit les yeux, elle vit le désir étinceler dans les siens.

L'adossant contre la paroi humide, il l'enlaça et reprit sa bouche avec fougue, pressant son sexe érigé contre son ventre. Mais soudain, il recula en soupirant.

— Pas de préservatif…

Il ferma le robinet et enveloppa Daisy dans une épaisse serviette moelleuse tandis qu'elle ne pouvait s'empêcher de se demander si ce genre de précaution était encore d'actualité. Leo lui prit la main et l'entraîna vers la chambre, l'allongea délicatement sur le lit, avant de s'étendre à côté d'elle et de reprendre ses merveilleuses caresses. Quand il se mit à lécher un mamelon gonflé, Daisy se persuada que son hypersensibilité était due au fait qu'ils avaient déjà fait l'amour trois fois au cours de la nuit. Après tout, ce retard de deux semaines avait peut-être une autre cause. Même si, d'habitude, elle était réglée comme une horloge.

Refoulant ses inquiétudes, elle savoura les petits baisers que Leo déposait maintenant sur ses joues, son front, avant de l'embrasser à nouveau avec passion. Lorsqu'il la pénétra, elle cria de plaisir et s'envola bientôt à des hauteurs encore insoupçonnées. Son amant accéléra le rythme de ses coups de reins, la faisant basculer dans l'extase, puis s'y abandonna à son tour en laissant échapper une plainte rauque.

Ensuite, il la tint serrée contre lui tandis que, les yeux tournés vers la large fenêtre, Daisy entendait ses paroles résonner dans son esprit.

Je suis célibataire et j'ai bien l'intention de le rester. À vie.

Au même instant, Leo resserra son étreinte.

— Je ne veux pas te perdre, murmura-t-il.

— Me perdre ? demanda-t-elle en le regardant. Pourquoi dis-tu cela ?

— Allons chez moi. Nous discuterons là-bas.

— Discuter de quoi ?

— De… moi.

Puis il se leva et se rhabilla, l'air si sérieux, si grave, que Daisy sentit la panique l'envahir.

— Je ne travaille pas aujourd'hui, répliqua-t-elle en se levant à son tour. Et toi ?

— Je peux arriver en retard, répondit-il d'un ton neutre.

— Ah ? Tu ne risques pas de te faire virer ?

— Non, aucun risque. On y va ?

Au moment de quitter l'appartement, il lui tint la porte ouverte comme d'habitude. Leo faisait toujours preuve de galanterie, lui donnant l'impression d'être chérie et précieuse. Quand elle était plus jeune, et même encore maintenant, à vingt-quatre ans, les garçons, puis les hommes de son âge paraissaient tous intéressés par des aventures d'un soir et ne s'embarrassaient pas de raffinements. Jamais le moindre bouquet de fleurs ou compliment.

Pas étonnant qu'elle ait été encore vierge lorsqu'elle avait rencontré Leo. De dix ans son aîné, doté d'un charisme puissant et beau comme un dieu, il l'avait fait craquer dès le premier soir, évidemment !

Alors qu'ils sortaient de l'immeuble, Daisy le regarda du coin de l'œil. Au lieu d'être ravie qu'il l'emmène enfin chez lui, elle éprouvait une vague appréhension. De quoi souhaitait-il discuter ? Et elle, ne risquait-elle pas de se trahir par inadvertance au cours de la discussion ? De laisser entendre qu'elle était tombée amoureuse de lui, par exemple. Ou qu'elle craignait d'être enceinte. Ou encore, qu'elle était la fille de Patrick Cassidy.

Le soleil d'octobre faisait miroiter l'East River, avec les ponts de Brooklyn et de Manhattan entourés de gratte-ciels en toile de fond. Mais lorsque Daisy se dirigea vers la bouche de métro la plus proche, Leo l'arrêta.

— Je préfère y aller en voiture.

Il avait l'air étrange, tendu.

— Tu ne voudrais tout de même pas prendre un taxi, alors que tu as dépensé un argent fou hier soir, au restaurant ? répliqua-t-elle en souriant. Le métro me va très bien. Tu n'as pas besoin de te ruiner pour m'impressionner, tu sais… Je te trouve parfait tel que tu es.

— Je ne pensais pas à un taxi.

Daisy fronça soudain les sourcils.

— Tu as entendu ?

— Entendu quoi ?

Elle regarda alentour.

— On dirait un bébé qui pleure.

— Je suis sûr que sa mère va s'en occuper.

S'en occuper ? Un bébé n'était pas une chose… À cet instant, elle entendit un nouveau petit cri. Tout faible. Une sorte de gémissement. Résolue à en avoir le cœur net, elle s'engagea dans l'allée qui longeait l'arrière de l'immeuble.

— Où vas-tu ? demanda Leo.

— Je veux juste m'assurer que…

— Ce n'est pas ton problème, Daisy !

Elle accéléra le pas, guidée par les cris de plus en plus étouffés. Un mois plus tôt, un bébé avait été abandonné au fond d'une allée, dans le New Jersey. L'enfant avait été trouvé à temps, heureusement, mais cette histoire avait marqué Daisy et elle s'en voudrait toute sa vie si elle apprenait qu'un bébé…

Soudain, elle aperçut, au bout de l'allée, un sac en toile de jute posé sur une poubelle. Les cris semblaient provenir de ce sac. Quelque chose remuait à l'intérieur…

— Non, Daisy…, ordonna Leo derrière elle. On ne sait pas ce que c'est.

Mais elle avait déjà saisi le sac qui était très léger. Doucement, elle le déposa sur la chaussée, défit le lien, l'ouvrit…

… et vit un chiot minuscule, un tout petit animal au pelage bouclé et doré qui gigotait et pleurait.

— C'est un petit chien, Leo !

Elle fronça les sourcils avec colère.

— Comment peut-on abandonner un chiot ? Sur une poubelle ?

— Les gens sont parfois des monstres, répliqua Leo, laconique.

Suffoquée, Daisy le regarda en écarquillant les yeux. Au même instant, le chiot geignit puis il lui lécha timidement la main, comme pour réclamer son attention.

— Il a l'air d'aller bien, mais je préfère l'emmener chez le vétérinaire. Tu veux m'accompagner ?

— Chez le vétérinaire ? répéta Leo, la mine sombre. Pas vraiment, non.

— Je suis désolée. On pourrait peut-être se retrouver plus tard ? Je pourrais aller chez toi ce soir ?

— Ce soir ? Je reçois du monde.

— Génial ! s'exclama Daisy. J'adorerais rencontrer tes amis.

— Très bien, répondit-il, plutôt sèchement. J'enverrai une voiture te prendre à 19 heures.

— Je n'ai pas besoin de voiture, je…

— Mets une robe de soirée, l'interrompit-il.

— Entendu.

En avait-elle une, au moins ? Tenant précautionneusement le chiot dans ses bras, elle se haussa sur la pointe des pieds pour embrasser Leo sur la joue.

— Merci de ta patience, Leo. Et à ce soir, alors.

— Daisy…

— Oui ?

— D'accord, à ce soir.

Elle le regarda s'éloigner sur l'allée, les mains dans les poches. Pourquoi se comportait-il de façon aussi étrange ? Était-il à ce point gêné de la faire venir chez lui ? De lui présenter ses amis ?

Comme le chiot poussait un petit gémissement plaintif, elle lui jeta un coup d'œil puis, tournant les talons, elle regagna la rue pour se diriger vers le cabinet vétérinaire dont le propriétaire était l'un des vieux amis de son père.

Quelques instants plus tard, le Dr Lopez la faisait entrer dans son bureau et, après qu'elle lui eut expliqué les circonstances dans lesquelles elle avait trouvé le petit animal, il l'emmena dans la salle d'examen pour l'ausculter. Daisy apprit bientôt qu'il s'agissait d'un chiot croisé, une femelle, qui souffrait de légère déshydratation, mais en bonne santé.

— Quelqu'un a dû vouloir se débarrasser d'elle et l'aura déposée là dans la nuit, dit-il. Il ne faisait pas trop froid, heureusement, sinon…

Daisy frissonna. C'était horrible de penser qu'une personne sans cœur ait pu abandonner un petit chiot innocent sur une poubelle, enfermé dans un sac en toile de jute.

Les gens étaient parfois des monstres, Leo avait raison. Elle en avait eu la preuve en voyant ces affreux avocats briser son père et le faire incarcérer sur la base de preuves fabriquées de toutes pièces, l'accusant d'être un faussaire, un escroc. Le pauvre s'était retrouvé en cellule, au milieu d'étrangers, et il y était mort d'un infarctus peu de temps après.

— Comment allez-vous l'appeler ? demanda le Dr Lopez.

Daisy le dévisagea avec stupeur.

— Moi ?

— Oui, vous allez la garder, n'est-ce pas ?

Elle regarda la petite chienne, toujours sur la table d'examen. Elle ne pouvait pas avoir d'animal domestique d'autant plus qu'elle n'était même pas locataire de l'appartement. Franck Bain rentrerait bientôt d'Europe et elle devrait se trouver un autre logement, minuscule cette fois, où les animaux ne seraient sans doute pas admis. Et puis, élever un chien engendrait des frais, et elle ne gagnait pas grand-chose.

D'un autre côté, pouvait-elle abandonner cette pauvre petite créature qui avait surtout besoin d'affection ?

Elle tendit la main pour caresser la tête du chiot qui leva ses grands yeux bruns vers elle et lui lécha la main.

Non, elle ne pouvait pas l'abandonner.

— Vous avez raison, je la garde.

Quant aux frais que son entretien allait occasionner, elle y songerait plus tard.

— Et je vais réfléchir à un nom.

Lorsqu'elle demanda au Dr Lopez combien elle lui devait et qu'il refusa d'être payé pour la consultation, Daisy insista. Elle ne pouvait pas vivre éternellement de la charité des amis de son père.

Au fait, que dirait Franck quand il découvrirait qu'elle hébergeait un chiot ? On verrait à ce moment-là…

Une fois sortie du cabinet vétérinaire, elle se rendit au petit supermarché tout proche pour acheter de la nourriture pour chien et d'autres accessoires indispensables. Après avoir trouvé ce qu'elle cherchait, elle s'immobilisa un instant avant de se diriger résolument vers le rayon pharmacie. Juste pour se prouver que ses craintes étaient ridicules, se dit-elle en mettant le test de grossesse dans son chariot.

Lorsqu'elle fut rentrée à l'appartement puis eut donné à manger au chiot, elle rassembla tout son courage et, laissant la petite bête confortablement installée sur le tapis, devant le radiateur, elle alla effectuer le test de grossesse dans la salle de bains. Autant se débarrasser de cela maintenant. Elle se sentirait mieux ensuite.

Au lieu d'être soulagée, elle eut un choc terrible en voyant le résultat du test.

Elle était enceinte.

D'un homme qu'elle aimait, tout en le connaissant à peine. D'un être merveilleux qui ne l'épouserait jamais.

Elle n'avait pas d'argent, ni de logement à elle. Ni de famille. Bientôt, elle se retrouverait avec un chiot et un bébé à élever, seule.

Impossible. Elle n'y arriverait jamais.

De toute façon, il fallait annoncer la nouvelle à Leo dès ce soir. Comment réagirait-il ? Que dirait-il ? Daisy se regarda dans le miroir et se rendit compte qu'elle était livide. Et qu'elle tremblait de la tête aux pieds.

— Bonjour, monsieur Niarxos.

Différents employés le saluèrent tandis qu'il traversait le gigantesque hall d'accueil, mais, voyant son expression, aucun ne se risqua à l'approcher. Même Jenkins, son chauffeur, venu le chercher à Brooklyn – au coin de la rue pour que Daisy n'aperçoive pas la Rolls-Royce –, avait compris qu'il valait mieux ne pas lui adresser la parole.

Leonidas fulminait. Non, il bouillait de rage et aurait volontiers réglé son compte au premier venu. Tout en sachant qu'il n'avait qu'à s'en prendre à lui-même.

Il avait été incapable de dire la vérité à Daisy. Quand elle l'avait regardé avec ses fascinants yeux verts, son corps nu et chaud lové contre le sien…, il avait succombé au désir, repoussant le moment de lui parler et se disant que ce serait plus facile chez lui, dans sa luxueuse demeure.

En réalité, il avait cédé à la lâcheté et en payait maintenant le prix. Lui, Leonidas Niarxos, P-DG de Liontari, play-boy milliardaire, venait d'être supplanté par un chien – et il allait être forcé de révéler sa véritable identité à Daisy en plein gala de bienfaisance.

Seul dans l'ascenseur privé qui montait vers le dernier étage, Leonidas serra les mâchoires. Daisy était différente de toutes les femmes qu'il avait connues avant elle. Elle aimait tout le monde et ne dissimulait rien. Ses émotions se lisaient sur son visage, son corps. La joie et la tendresse. Le désir. Sa chaleur et sa bonté, sa gentillesse et sa sensualité ingénue l'avaient rendu… vivant. Même qu'elle était vierge quand ils s'étaient rencontrés. Incroyable !

Il n'aurait jamais dû chercher à la voir. Mais à ce moment-là, il n'aurait jamais imaginé entamer une liaison avec elle. Pas après avoir fait arrêter et condamner son père.

Un an plus tôt, Leonidas avait appris qu'un certain Patrick Cassidy, petit marchand d'art de Brooklyn, avait en sa possession *L'Amour aux oiseaux*, le Picasso que lui-même recherchait désespérément depuis deux décennies. Edgar Ross, son avocat, avait pris contact avec le marchand en question et organisé un rendez-vous, mais il avait suffi d'un regard à Leonidas pour constater qu'il s'agissait d'un faux. Découragé et dégoûté, il avait alors demandé à Ross de porter plainte, et usé de ses relations avec le procureur de New York pour que le soi-disant marchand d'art prenne la peine la plus lourde.

Par la suite, Leonidas avait appris que Cassidy se livrait avec succès à son petit trafic de faux depuis des années. Jusqu'à ce qu'il commette l'erreur de s'attaquer à un artiste aussi important et célèbre que Picasso, et tente de vendre une vulgaire copie à Leonidas Niarxos.

Le procès avait fait sensation à New York. Leonidas n'y avait jamais assisté, mais tout le monde savait qu'il en était à l'origine.

Les remords étaient venus plus tard, surtout après avoir entendu dire que la fille de l'accusé avait été présente à toutes les séances du procès. Leonidas avait vu un croquis d'audience poignant la représentant, le visage figé, au moment où elle prenait son père dans ses bras après l'annonce du verdict. Il avait été condamné à six ans de prison. Mais de toute évidence, sa fille avait cru à son innocence jusqu'au bout.

Quand il avait appris la mort de Cassidy quelques mois plus tard, Leonidas n'avait pu se débarrasser d'un étrange sentiment de culpabilité. L'accusé méritait sa condamnation, mais pas de mourir en détention.

Aussi Leonidas s'était-il rendu au café-restaurant où Daisy Cassidy travaillait comme serveuse afin de s'assurer qu'elle allait bien, et pour lui laisser, anonymement, un pourboire de dix mille dollars.

Au lieu de s'en tenir à ses intentions premières, il avait laissé la ravissante jeune femme brune lui servir du café, des œufs au bacon, en bavardant avec elle d'art, de cinéma et de littérature. Fasciné par son humour, sa chaleur et sa gentillesse, et par sa beauté, il s'était attardé, avant de finir par lui demander s'ils pouvaient se voir quand elle aurait terminé son service.

Il lui avait menti. Non, pas exactement. Le nom qu'il lui avait donné était le surnom attribué par sa gouvernante autrefois, Leo, suivi de son patronyme, Gianakos.

À chaque fois que Daisy l'appelait Leo, de sa voix musicale et douce, il avait l'impression d'être un autre homme. Un homme meilleur.

Aucune femme ne l'avait encore jamais affecté autant. Pourquoi était-ce arrivé maintenant ? Avec celle-ci ?

Leonidas n'avait jamais eu l'intention de la séduire. Mais la chaleur de Daisy, sa sensualité innocente, avait fait fondre la glace dans laquelle il s'était emmuré. Pour la première fois de sa vie, il avait été impuissant à contrôler le désir qui le poussait vers une femme.

Mais ce soir, dès qu'il lui aurait dit la vérité, il devrait se passer d'elle. Non, elle le rejetterait dès l'instant où elle verrait sa maison, après l'avoir imaginé locataire d'un minuscule studio…

Quand il s'assit derrière son bureau, dans l'immense espace entouré de baies vitrées ayant une vue plongeante sur Manhattan, Leonidas contempla le paysage urbain sans le voir.

Avait-il une chance de pouvoir la garder ?

Daisy était amoureuse de lui. Il avait vu l'amour rayonner sur son beau visage, dans ses magnifiques yeux verts, en dépit de ses efforts pour dissimuler ses sentiments. Elle le prenait pour un employé modeste travaillant à Manhattan et l'aimait tel qu'il était.

Elle l'aimait pour lui-même. Pas pour ses milliards ou son pouvoir.

Si elle pouvait aimer un type sans le sou, ne pourrait-elle pas aimer Leonidas Niarxos, en dépit de ses imperfections ?

Peut-être que s'il lui expliquait pourquoi l'affaire du faux Picasso l'avait rendu aussi furieux et qu'il lui révélait son horrible secret…

Leonidas haussa les épaules. Non. Il ne pourrait jamais parler de cela à personne. Ni de ses vraies origines.

Alors, comment la convaincre de rester ?

Il l'imagina arrivant tout à l'heure à la soirée organisée chez lui, impressionnée par les invités célèbres, éblouie par le luxe environnant. Il attendrait le bon moment, puis l'attirerait à part et lui expliquerait. Il parviendrait à lui faire comprendre. Il la séduirait avec des mots, des caresses, et en lui montrant ce qu'il était en mesure de lui offrir.

Si elle s'installait avec lui, elle n'aurait plus jamais de problèmes d'argent. Elle vivrait dans le luxe et pourrait quitter son emploi de serveuse. Elle passerait ses journées à faire du shopping, inviterait ses amies à déjeuner. Et la nuit, elle serait adorée par lui. Ils voyageraient à travers le monde, ils iraient à Londres, Paris, Sydney, Rio et Tokyo. Il lui ferait découvrir sa villa des Maldives, son chalet en Suisse. Il l'emmènerait danser dans les clubs à la mode, voir les grandes expositions d'art ; elle l'accompagnerait dans les soirées fréquentées par la jet-set internationale. Il la couvrirait de présents fabuleux dont elle n'aurait jamais osé rêver…

Tout cela devrait suffire à se faire pardonner, non ? Et puis, Patrick Cassidy avait bel et bien été coupable, après tout !

Daisy *devait* lui pardonner, décida soudain Leonidas.

Il ne pourrait jamais lui offrir l'amour ou le mariage, mais il pouvait la rendre heureuse. Il en était certain.

Ce soir, résolut-il farouchement. Il la convaincrait ce soir.

2.

Daisy contempla avec stupeur l'élégante demeure en grès rouge. Il devait y avoir erreur.

— Vous êtes sûr que c'est ici ? demanda-t-elle au chauffeur qui venait de lui ouvrir la portière.

— Oui, mademoiselle, répondit-il avec un léger sourire.

Affreusement nerveuse, Daisy descendit de la Rolls-Royce. Elle avait été surprise de voir un véhicule aussi luxueux venir la chercher à Brooklyn. Le quartier était cossu, un mélange d'artistes et d'intellectuels y vivaient, ainsi que des artisans et des gens exerçant diverses professions libérales. Mais l'arrivée de la limousine avec chauffeur en uniforme n'était pas passée inaperçue. Après le restaurant huppé de l'avant-veille, comment Leo avait-il pu louer une voiture aussi luxueuse ? Il dépensait beaucoup trop d'argent pour l'impressionner !

Elle leva à nouveau les yeux vers la superbe façade de quatre étages lorsque le chauffeur s'avança vers les marches conduisant à une haute porte vitrée dont les deux battants étaient ouverts.

— Allez-y, mademoiselle, dit-il en se retournant vers elle. La soirée a déjà commencé.

Daisy se rendit compte que de nombreuses limousines et autres véhicules luxueux étaient garés les uns derrière les autres dans l'allée et que d'autres continuaient d'arriver. Elle songea à sa robe en satin vert empruntée à une amie, un peu trop étroite et au décolleté beaucoup trop profond. Puis elle baissa les yeux sur ses escarpins à talons aiguilles achetés en solde dans une boutique quelconque. Elle les avait portés une seule fois, à l'occasion du vernissage de l'unique exposition à laquelle elle avait participé. Sans vendre une seule toile.

Se retournant, elle regarda la bouche de métro, à l'extrémité de l'allée qui débouchait sur une rue plus passante. Elle avait confié sa petite chienne, qui n'avait toujours pas de nom, à une amie, Estie, connue à l'école d'art où elles avaient toutes deux fait leurs études. Il était encore temps de rentrer, de la libérer et de passer la soirée à regarder un film.

Non, elle ne pouvait pas rentrer. Pas avant d'avoir parlé à Leo et lui avoir dit qu'elle était enceinte.

Un couple d'âge mûr – l'homme en superbe costume noir et chemise blanche, sa compagne en manteau de soie et robe assortie – arrivant à sa hauteur, Daisy leur emboîta le pas et gravit les marches derrière eux. Un majordome apparut alors et accueillit les deux invités, puis baissa les yeux sur la robe de Daisy et ses chaussures bon marché.

— Votre nom, mademoiselle ? demanda-t-il du bout des lèvres.

— Daisy Cassidy, dit-elle d'une voix mal assurée.

Au lieu de la renvoyer, le majordome lui sourit.

— Soyez la bienvenue, mademoiselle Cassidy. Nous vous attendions.

Il se retourna vers une femme toute ronde aux cheveux blancs qui se tenait derrière lui.

— Mme Berry va vous conduire.

— Bonjour, mademoiselle Cassidy, dit aimablement la femme âgée d'une soixantaine d'années. Je suis la gouvernante de M. Niarxos. Vous voulez bien me suivre ?

Décontenancée, et se demandant qui pouvait bien être M. Niarxos, Daisy suivit la gouvernante qui traversait un somptueux hall d'entrée. Elle eut une brève vision d'un très haut plafond doré au milieu duquel trônait un impressionnant lustre en cristal, et d'un escalier monumental qui semblait tout droit sorti de *Downton Abbey*. Puis elles franchirent une imposante double-porte donnant sur une immense salle de bal emplie d'une foule d'invités avec des tenues plus somptueuses les unes que les autres.

Daisy contempla la scène avec incrédulité. Une salle de bal… Assez spacieuse pour contenir au moins trois cents personnes, avec un plafond encore plus haut que celui du hall d'entrée. Les murs étaient blanc et or, des miroirs aux cadres dorés reflétant la lumière des lustres dignes du château de Versailles. Des serveurs élégants portant tous un nœud papillon en satin noir passaient parmi les invités, avec des plateaux en argent sur lesquels étaient posées des flûtes de champagne. Au fond de l'immense espace, un orchestre jouait de la musique classique sur une petite scène semi-circulaire.

Et là-bas, à l'autre extrémité de la salle de bal…

Était-ce bien Leo, en smoking noir ? En train de bavarder avec l'une des plus grandes stars de Hollywood ?

— Je vais le prévenir que vous êtes arrivée, mademoiselle Cassidy, dit Mme Berry. En attendant, voulez-vous boire quelque chose ?

— Oui, je veux bien.

Elle avait grand besoin d'un remontant ! songea Daisy. Avant de se rappeler aussitôt qu'elle était enceinte.

— Euh… Non, merci.

— Très bien. Attendez ici, s'il vous plaît.

Après avoir incliné respectueusement la tête devant elle, la gouvernante s'éloigna et traversa la foule d'invités en direction de Leo.

Médusée, Daisy la regarda se rapprocher de lui. Dès qu'elle lui eut parlé, il se retourna, beau et ténébreux, et quand leurs regards se croisèrent, un courant brûlant traversa Daisy.

Embarrassée et nerveuse, elle se détourna et contempla un grand tableau qui ressortait sur le mur blanc. Une reproduction joliment encadrée qu'elle ne reconnut pas tout de suite… Elle laissa échapper un petit gémissement en se rendant compte qu'il s'agissait sans doute d'un *vrai* Jackson Pollock. Là, devant elle, sur le mur de la demeure d'un particulier !

— Je suis heureux que tu sois venue, Daisy, dit la voix profonde et grave de Leo derrière elle.

Elle fit volte-face et sentit ses genoux trembler.

Fascinée, elle promena son regard sur la mâchoire rasée de frais, les hautes pommettes, la bouche sensuelle. Comment lui dire qu'elle était tombée amoureuse de lui ? Lui annoncer qu'elle était enceinte ?

— Merci de m'avoir invitée.

Daisy regarda les invités glamour, la salle de bal rutilante de lumière dorée.

— Chez qui sommes-nous, exactement ?

Une lueur étrange éclaira fugacement les beaux yeux noirs.

— Chez moi.

Elle eut envie de rire, mais quelque chose l'en empêcha.

— Comment ça ? murmura-t-elle en plissant le front. Tu veux dire que tu connais bien le propriétaire ?

— En quelque sorte. Je travaille pour Liontari.

— C'est un magasin ?

— Une entreprise – une holding, plus exactement – qui regroupe les plus grandes marques de luxe internationales.

— Ah, je vois, dit Daisy, soulagée. Ton employeur est le propriétaire de cette maison ? C'est lui qui a organisé la soirée ?

— Je te l'ai dit : tu es chez moi, Daisy. Cette maison m'appartient.

— Mais… comment… Comment est-ce possible ? balbutia-t-elle, estomaquée.

Leo la dévisagea un instant en silence puis il soupira.

— Je ne t'ai jamais dit mon nom entier, répliqua-t-il lentement. Je m'appelle Leonidas Gianakos... Niarxos.

— Niarxos ? répéta Daisy.

Ce nom lui rappelait vaguement quelque chose...

— Oui.

Leo la regardait d'un air bizarre, comme s'il craignait sa réaction.

— Ah... Alors, à qui est destinée cette collecte de fonds ? Car il s'agit d'un gala de charité, si j'ai bien compris ?

Apparemment soulagé, il hocha la tête et nomma un politicien dont elle avait entendu parler. Ce qui expliquait les célébrités présentes. Daisy en avait reconnu plusieurs : acteurs, entrepreneurs divers, ainsi qu'un peintre mondialement connu dont elle admirait beaucoup le travail.

Que faisait-elle là, parmi ces gens riches et célèbres dont on parlait dans les médias et les réseaux sociaux, qu'elle voyait en photo dans les magazines ou au cinéma ?

Tout à coup, parmi les nombreux invités rassemblés en petits groupes, elle aperçut un visage qu'elle reconnut aussitôt. Celui de l'ignoble individu qu'elle avait contemplé avec colère et mépris chaque jour, pendant un mois. Le scélérat aux cheveux gris qu'elle n'oublierait jamais.

Edgar Ross. L'avocat qui avait fait arrêter son père. La dernière fois qu'elle l'avait vu, il était assis à côté du procureur, au tribunal. Ross travaillait pour le compte d'un homme encore plus impitoyable que lui. Un milliardaire d'origine étrangère.

— Daisy ?

Leo la regardait en fronçant les sourcils.

— Qu'y a-t-il ?

— Je... Je...

Au même instant, Edgar Ross se dirigea vers eux, avec une jolie blonde un peu plus jeune que lui à son bras.

— Bonsoir, monsieur Niarxos.

Suffoquée, Daisy regarda Leo serrer chaleureusement la main de l'avocat puis embrasser la blonde sur la joue.

— Ravi de vous voir, madame Ross.

— La soirée est très réussie, répliqua celle-ci en souriant. Merci de nous avoir invités.

Lorsque Edgar Ross gratifia Daisy d'un sourire incertain, comme s'il essayait de se rappeler qui elle était, elle lui décocha un regard glacial en regrettant de ne pas avoir pris de champagne. Elle aurait pu le lui jeter à la figure…

— Vous admirez votre dernière acquisition ? demanda Ross en levant les yeux vers le Pollock.

— C'est un investissement, répliqua nonchalamment Leo.

— Bien sûr, répliqua l'avocat en souriant. Il vous aidera à patienter jusqu'à ce que nous ayons trouvé le Picasso…

Daisy eut soudain du mal à respirer.

Le Picasso. Edgar Ross. Le milliardaire qui était derrière toute l'affaire. Le milliardaire grec.

Leonidas Niarxos.

Confusément, elle entendit l'orchestre changer de registre et entonner un standard de jazz. Lentement, elle tourna les yeux.

— Leo…, dit-elle d'une voix étouffée.

Elle avait l'impression qu'elle allait s'évanouir. Mourir.

— Non, murmura-t-il, les traits crispés. Daisy, attends…

Mais elle battait déjà en retraite, les genoux tremblant si fort qu'elle vacilla sur ses hauts talons et reprit son équilibre de justesse.

Elle s'était laissée aller, au mépris de toute prudence. Elle était tombée amoureuse de Leo, son premier et unique amant. Et elle était enceinte de lui. Il était le père de l'enfant qu'elle portait.

Mais Leo n'existait pas.

Il était en réalité *Leonidas Niarxos*, le milliardaire grec à l'origine de la funeste tragédie. Ross travaillait pour lui. À cause de lui, le procureur avait requis la peine maximale alors que son père aurait pu s'en sortir avec une simple amende après être passé devant un tribunal civil. Voire être innocenté. Mais non. Usant de son argent et de son pouvoir, Leonidas Niarxos avait été déterminé à lui faire payer le prix fort. Le milliardaire gâté n'ayant pas obtenu le jouet qu'il convoitait, il avait détruit la vie d'un innocent.

Un an plus tôt, quand son père avait été accusé de faux et usage de faux, Daisy en avait eu le cœur brisé parce qu'elle savait qu'il était innocent. Son père était un homme bon. Il n'aurait jamais enfreint la loi. Elle avait été choquée et indignée qu'il puisse être victime d'une erreur judiciaire et jugé coupable. Puis, six mois après, il était mort d'un infarctus en prison, seul et terrifié.

Elle qui ne voulait jamais de mal à personne, qui s'efforçait toujours de voir le bon côté des choses et des gens, elle s'était promis, si jamais elle en avait un jour la possibilité, de réparer cette injustice.

Or, naïvement, elle s'était donnée corps et âme à Leo. Elle portait même son enfant.

Daisy contempla le beau visage adoré.

Non, ce n'était pas celui de Leo. Elle se trouvait face à Leonidas Niarxos, le responsable de la mort de son père.

— Mon Dieu ! s'exclama soudain Ross en écarquillant les yeux. Vous êtes la fille de Cassidy. Je ne vous avais pas reconnue, dans cette robe. Que faites-vous ici ?

Bonne question. Daisy fut assaillie par un vertige. Elle devait s'en aller, sortir de cette maison. Mais quand elle voulut se détourner, Leonidas Niarxos lui saisit le poignet.

— Non ! s'écria-t-elle en se libérant d'un geste brusque.

Tout le monde tourna les yeux vers eux, l'air choqué.

Pendant quelques instants, il la regarda, le visage semblable à un masque.

— Il faut que nous parlions, dit-il, les mâchoires crispées.

— Je ne vois pas ce que nous avons encore à nous dire !

Un petit rire amer franchit ses lèvres. Elle se sentait affreusement vulnérable. Utilisée.

— Tu t'es bien amusé à me séduire ? À te moquer de moi ?

— Daisy…

— Comment as-tu pu me mentir ? Prétendre que tu m'aimais…

— Je ne t'ai pas menti…

— Si, tu m'as menti.

— Je ne t'ai jamais dit que je t'aimais, répliqua-t-il, l'air sombre.

Les invités les observaient sans dissimuler leur curiosité. Comme si Daisy n'avait pas déjà été assez humiliée un an plus tôt, quand la presse new-yorkaise avait étalé l'affaire du faux Picasso, traitant son père de faussaire, de criminel, et, pire encore, d'imbécile incapable de réussir son coup.

C'était elle l'imbécile. Depuis le début, elle savait que Leo lui cachait des choses. Mais elle avait délibérément ignoré ses craintes et s'était convaincue qu'il était parfait. Elle avait fait confiance à son stupide cœur.

Sentant venir les larmes, elle battit des paupières et s'essuya rageusement les yeux.

— Daisy, accorde-moi un moment. En tête à tête. Laisse-moi t'expliquer.

Elle tremblait, claquait des dents. Rien de ce qu'il pourrait dire n'effacerait cette trahison. Elle aurait dû le gifler et partir, et ne jamais plus le revoir.

Mais il y avait le bébé.

— D'accord. Je t'accorde cinq minutes.

Sans dire un mot, Leonidas désigna la double-porte puis fendit la foule d'invités curieux tandis que Daisy le suivait, les épaules raides. Il traversa le hall désert, s'avança vers l'escalier, puis gravit les marches qui débouchaient sur un vaste palier, désert lui aussi.

La mort dans l'âme, elle contempla la haute silhouette

sombre marchant devant elle. Lorsqu'elle avait découvert qu'elle était enceinte, elle s'était sentie terriblement seule et terrifiée. Elle s'était dit qu'elle ne pourrait pas élever son bébé sans Leo. Mais à présent, elle se rendait compte qu'il existait une éventualité bien pire, bien plus terrifiante.

Celle de l'élever avec son pire ennemi.

Leonidas se retourna vers Daisy qui le suivait dans le long couloir. Elle était si belle, dans cette robe vert émeraude et ces escarpins à hauts talons qui mettaient en valeur ses jambes superbes. Ses longs cheveux châtains aux reflets dorés ondulaient sur ses épaules, le décolleté profond laissait entrevoir les seins ronds et fermes.

Mais elle gardait les yeux baissés, les cils foncés contrastant avec ses joues pâles. À quoi pensait-elle ?

Étrange, comme situation… Il ne s'était jamais soucié des pensées de ses maîtresses. Et avec Daisy, il avait toujours pu lire en elle comme dans un livre ouvert.

Jusqu'à maintenant.

Elle redressa la tête et le regarda, mais son visage fermé ne trahissait aucune émotion.

Ce n'était certes pas ainsi qu'il avait imaginé la soirée. Quand il y avait songé au bureau, il s'était dit que Daisy serait éblouie par sa maison, les prestigieux invités, l'étendue de sa richesse et de son pouvoir. Il s'était convaincu qu'elle serait mieux disposée à entendre la vérité. Elle serait choquée, consternée d'apprendre sa véritable identité, mais elle aurait tôt fait de lui pardonner. Parce qu'il avait eu le droit de son côté.

Daisy aimait son père, mais elle devait admettre que Patrick Cassidy avait commis un acte criminel, protégeant son complice jusqu'au bout en refusant de révéler son nom. Qu'aurait pu faire Leonidas sinon entamer une procédure judiciaire à son encontre ? Aurait-il dû perdre des millions en achetant un tableau qu'il savait être un faux ? Ou laisser un autre amateur se faire escroquer ? Non. Il avait eu raison d'agir comme il l'avait fait.

Par conséquent, il devait faire entendre raison à Daisy, lui présenter les choses de manière qu'elle les voie de son point de vue.

Lorsqu'il ouvrit la porte de sa chambre, Daisy s'arrêta dans le couloir et le foudroya du regard.

Croyait-elle vraiment qu'il la faisait venir dans sa chambre pour la séduire ? Qu'il comptait la renverser sur le lit et la couvrir de baisers jusqu'à ce que le passé soit pardonné et oublié ?

Si seulement cela avait été possible !

— Je t'ai amenée ici pour que nous puissions discuter au calme et sans témoins, commença-t-il d'une voix délibérément rassurante.

L'expression de Daisy ne se radoucit pas, mais elle franchit néanmoins le seuil et fit quelques pas dans la chambre tandis que Leonidas refermait la porte.

La pièce était spartiate, comprenant un lit immense et deux tables de chevet, un dressing et beaucoup d'espace. La large fenêtre donnait sur les arbres de l'allée, les teintes orangées et rousses des feuilles paraissant plus sombres à la lueur du crépuscule.

— Savais-tu qui j'étais ? demanda lentement Daisy. Le jour où nous nous sommes rencontrés ?

— Oui, répondit Leonidas.

Des larmes brillèrent dans les beaux yeux verts.

— Pourquoi m'as-tu séduite ? Pour t'amuser ? Te venger ?

— Non, Daisy…

Quand il voulut s'avancer vers elle pour la prendre dans ses bras, la réconforter, elle recula d'un mouvement brusque.

— J'avais vu un portrait de toi, sur un croquis d'audience, au moment où le verdict a été rendu. Et je m'étais senti désolé pour toi.

La colère incendia son regard.

— *Désolé* ?

Il s'était mal exprimé.

— Par la suite, j'ai appris que ton père était mort en prison. Et je suis allé te voir pour… pour m'assurer que tu allais bien. Et te donner un peu d'argent.

Les traits fins se durcirent.

— De l'argent ? Tu crois vraiment que cela pourrait compenser la perte de mon père ? Tu voulais me verser… des indemnités, c'est ça ?

— Ce n'était pas du tout mon intention, répliqua Leonidas, sur la défensive.

Il reprit son calme avant de poursuivre :

— Tu ne méritais pas de souffrir. Tu n'y étais pour rien.

— Mon père non plus ! Il était *innocent* !

Cette fois, il ne put réprimer sa colère.

— Tu ne peux pas être aveugle à ce point ! Il était coupable car il a essayé de me vendre un faux ! Une vulgaire copie !

— Dans ce cas, il avait mal placé sa confiance. Il s'est fait arnaquer par un escroc qui l'a convaincu que c'était un vrai Picasso. Il n'aurait jamais tenté de le vendre, sinon ! Mon père était un homme honnête !

— Tu plaisantes ? Il vendait des faux depuis des années.

— Personne d'autre ne l'a jamais accusé…

— Parce que ceux qu'il avait roulés avaient trop honte, ou ne réalisaient pas qu'ils avaient acheté des faux. Ton père savait très bien ce qu'il me vendait.

— Comment l'aurait-il su ? Personne n'a vu ce tableau depuis des années. Comment ton avocat, cet Edgar Ross, a-t-il su que c'était une copie, de toute façon ?

Leonidas se revit vingt ans plus tôt. À l'époque où ses parents l'ignoraient, le haïssaient. Il revécut le moment atroce où sa mère avait fini par le rejeter complètement, l'avait abandonné. Jamais il n'avait réussi à oublier le mélange de souffrance et de rage qui l'avait terrassé alors.

— C'est moi qui ai su qu'il s'agissait d'un faux. Je l'ai su dès l'instant où je l'ai vu, dans le bureau d'Edgar Ross.

— Toi ! dit-elle avec mépris. Pourquoi ne pas t'être contenté de lâcher l'affaire ? Qu'est-ce que ça représente pour toi, une pièce de collection de plus ou de moins ? Ce ne sont que des *investissements*, pour toi.

Il se raidit, refusant de penser à ce que ce tableau représentait pour lui. Et aux raisons pour lesquelles il s'acharnait à essayer de le retrouver depuis tant d'années.

— J'aurais dû laisser ton père s'en sortir impunément, c'est ça ? Le laisser continuer son sale petit trafic ?

— Mon père était innocent ! se récria-t-elle en serrant les poings. Il me l'a *juré* !

— Parce qu'il ne pouvait pas supporter que tu découvres la vérité. Il t'aimait trop pour ça.

Une expression de souffrance indicible envahit le beau visage de Daisy.

— Et je l'aimais autant qu'il m'aimait, répliqua-t-elle d'une voix brisée.

Elle s'essuya les yeux.

— Mais tu te trompes. Il ne m'aurait jamais menti. Il n'avait aucune raison de…

— Tu lui aurais pardonné ?

— Oui.

— Parce que tu l'aimais.

Leonidas n'hésita qu'un bref instant.

— Alors pardonne-moi, murmura-t-il.

— Pardon ? dit-elle, interloquée.

— Tu es amoureuse de moi, Daisy. Ne dis pas le contraire.

— Qu'est-ce que tu…, commença-t-elle en blêmissant. Comment…

— Je l'ai vu sur ton visage, dans tes yeux, je l'ai entendu dans ta voix. Tu…

— N'approche pas ! chuchota-t-elle quand il fit un pas vers elle.

Ses yeux étincelaient, presque transparents.

— J'aimais un homme qui n'existe pas. Toi, je ne pourrais jamais t'aimer.

Ses paroles lui firent l'effet d'un coup de poing. En pleine poitrine. Leonidas réentendit la voix dure de sa mère :

Fiche-moi la paix, tu m'ennuies ! J'en ai plus qu'assez de tes pleurnicheries !

Il lui avait fallu vingt ans pour prendre ses distances avec le garçon de cinq ans qu'il avait été. Des années de travail laborieux pour devenir un homme riche et puissant. Pour s'assurer de ne plus jamais ressentir une telle souffrance. Et voilà que…

La rage lui monta à la tête.

— Tu ne pourrais jamais aimer un homme comme moi ? répliqua-t-il en redressant le menton. Mais tu aimes ton père, un menteur et…

— Je t'interdis de le traiter de menteur. C'est *toi*, le menteur !

— Patrick Cassidy était un criminel, Daisy. Et toi, tu es une idiote.

— En effet, répliqua-t-elle d'une voix sourde. Quant à toi, tu es un monstre. Tu m'as tout pris. Mon père, ma maison, mon amour-propre, ma virginité…

— Ton père a récolté ce qu'il avait semé, l'interrompit-il d'une voix glaciale. Et toi aussi.

Elle le regarda, suffoquée.

— Je n'ai jamais forcé personne à faire ou à me donner quoi que ce soit ! poursuivit Leonidas, impitoyable.

— Je me déteste de t'avoir laissé me toucher, chuchota-t-elle, les yeux emplis de larmes. J'aimerais te faire autant de mal que tu m'en fais.

— Impossible…, rétorqua-t-il avec un rire bref et dur.

— Pourquoi ? Tu me crois si faible ? Si insignifiante ?

— Non, répondit-il en toute sincérité.

Si Daisy avait pu soupçonner ce qu'il avait enduré enfant, elle s'estimerait sans doute vengée.

— Je te hais, murmura-t-elle. Tu ne mérites pas…

— Quoi ? Qu'est-ce que je ne mérite pas ?

— Tu ne mérites pas que je perde davantage de temps avec toi, dit-elle en détournant les yeux.

Le désespoir gagna Leonidas. Comment avait-il pu penser qu'il la convaincrait ? La garderait ?

Jamais il ne réussirait à lui faire comprendre. Elle ne pourrait jamais voir les choses de son point de vue. Elle l'avait haï dès l'instant où elle avait appris son vrai nom.

Comme il s'y était attendu, au fond.

— Si c'est le cas, qu'est-ce que tu fais encore ici ? Pourquoi ne pars-tu pas ?

Elle le regarda, puis referma les bras sur sa poitrine, l'air indécis.

— Tu as raison, dit-elle enfin.

Lorsqu'elle pivota sur ses talons, il huma son parfum aux délicieux effluves de soleil et de rose. Au moment où elle passa à côté de lui, il sentit presque la douceur de sa peau et la chaleur du corps ravissant moulé dans la robe en satin émeraude.

— Je n'aurais jamais dû venir ici, poursuivit-elle en tournant les yeux vers lui. En ce qui me concerne, l'homme que j'aimais n'existe plus.

Sur ces paroles, elle ouvrit la porte et disparut dans le couloir, laissant Leonidas avec l'impression d'être un monstre, et de se retrouver dans un univers encore plus sombre et lugubre que celui dans lequel il évoluait avant de rencontrer Daisy.

3.

Cinq mois plus tard

Le printemps n'était pas loin, mais il ne faisait vraiment pas chaud à New York. Le ciel était gris, des restes de neige bordaient les trottoirs. Et pas la moindre petite feuille verte sur les branches des arbres.

Mais pour Daisy, le printemps avait déjà commencé.

Elle hâta le pas et sourit, son haleine formant un petit nuage blanc dans l'air froid. Tout allait bien. Après les effroyables nausées du premier trimestre, les incertitudes qui l'avaient hantée durant le deuxième, elle entamait maintenant le troisième et dernier. Et elle avait enfin l'impression de savoir ce qu'elle faisait. Elle avait retrouvé optimisme… et espoir.

Après avoir travaillé six heures d'affilée, elle se sentait néanmoins un peu fatiguée, d'autant qu'elle avait dû se passer de déjeuner pour se rendre au rendez-vous avec sa gynécologue.

Baissant les yeux sur son ventre, Daisy sourit de nouveau. Il avait pris de telles proportions qu'elle pouvait à peine remonter la fermeture Éclair de son manteau, pourtant large.

C'était curieux, songea-t-elle soudain en longeant les boutiques aux vitrines colorées. Autrefois, elle avait cru ne pas pouvoir survivre aux tragédies qui avaient émaillé sa vie : la maladie puis le décès de sa mère quand Daisy avait sept ans ; son propre échec lorsque, plus tard, elle avait voulu devenir artiste ; les accusations portées contre son père et le procès, suivi de sa mort soudaine en prison ; sa rencontre avec Leo dont elle était tombée amoureuse, avant de se retrouver enceinte. Puis la découverte de la véritable identité de ce dernier.

Mieux valait élever son bébé seule plutôt qu'avec un homme qui ne méritait pas d'être le père de son enfant, avait-elle décidé après cette horrible confrontation.

Avec le recul, c'était très étrange de penser que, cinq mois plus tôt, elle avait été persuadée de ne pas être assez forte ni assez courageuse pour s'en sortir sans lui. Mais leur dernière entrevue lui avait montré qu'elle n'avait pas d'autre choix.

Et elle s'était plutôt bien débrouillée. Cette malheureuse expérience l'avait rendue plus forte et plus sage. Plus jamais elle ne donnerait naïvement son cœur à un homme qu'elle connaissait à peine.

Devenir adulte – et mère – impliquait de faire des choix responsables. Elle avait renoncé à ses rêves romantiques, ainsi qu'à son projet chimérique de devenir artiste. Désormais, seule son enfant comptait. Elle posa la main sur son ventre avec un sourire tendre. À présent, elle savait qu'elle portait une petite fille.

Ses amies de Brooklyn l'avaient beaucoup soutenue et aidée. Claudia Vogler, la patronne du café-restaurant, lui avait accordé des heures supplémentaires afin qu'elle puisse mettre de l'argent de côté. D'autre part, elle avait fermé les yeux sur les absences et les retards dus aux nausées matinales. Et lorsque Daisy avait commencé à avoir du mal à rester debout toute la journée, Claudia avait même créé un nouveau poste pour elle : quand elle sentait qu'elle avait besoin de s'asseoir, elle allait s'installer à la caisse. Mais comme la plupart des clients réglaient l'addition directement au serveur ou à la serveuse par carte bancaire,

Daisy n'avait la plupart du temps qu'à les saluer quand ils arrivaient ou repartaient.

Et elle vivait toujours gratuitement dans l'appartement de Franck. L'ami de son père, âgé d'une cinquantaine d'années, était revenu à New York une semaine après la rupture avec Leonidas. Il avait été désagréablement surpris de trouver un chiot chez lui, pensant tout de suite aux sculptures et aux diverses œuvres d'art que la petite chienne risquait d'abîmer. Sunny avait déjà, entre autres bêtises, mâchouillé les chaussons de Franck…

— Je suis vraiment désolée, avait dit Daisy en avouant les divers méfaits de sa chienne.

Mais au lieu de les mettre dehors toutes les deux comme elle le craignait, Franck avait fait preuve d'une gentillesse inouïe et avait dit qu'elle pouvait rester chez lui aussi longtemps qu'elle le souhaitait. Il ne faisait que passer, avait-il expliqué, car pour l'instant il préférait la Californie, où il possédait une maison à Los Angeles.

Par conséquent, elle n'avait pas à s'inquiéter côté logement, mais elle avait traversé une sale période début janvier. Face au froid et à la grisaille de l'hiver, elle avait même senti poindre le désespoir.

De retour pour deux jours à New York où il avait à faire, Franck l'avait trouvée assise devant la cheminée, en pleurs et serrant Sunny dans ses bras. Daisy lui avait alors confié qu'elle était enceinte et que le géniteur de son enfant ne faisait plus partie de sa vie.

Il avait paru choqué. Puis, après l'avoir plus ou moins réconfortée, il avait quitté l'appartement pour se rendre à son atelier. Le soir, il était rentré tard et avait comme d'habitude dormi dans sa chambre, à l'autre extrémité de l'appartement.

Le lendemain matin, alors qu'ils prenaient le petit déjeuner ensemble avant son départ pour Los Angeles, Franck avait brusquement proposé à Daisy de l'épouser.

Ébahie, elle l'avait dévisagé quelques instants en silence.

— C'est vraiment très gentil, Franck, avait-elle fini par répliquer. Mais… je n'ai pas l'intention de me marier avec quiconque.

C'était la vérité. Franck était beaucoup plus âgé qu'elle et il avait fait cette proposition uniquement par pitié, mais de toute façon, elle ne désirait pas se marier. En matière de relation amoureuse, son expérience douloureuse avec Leo lui suffisait amplement.

Franck l'avait regardée, l'air profondément déçu, puis il avait souri.

— Tu es encore sous le choc. Tu changeras d'avis, avait-il déclaré avec assurance.

Daisy avait eu beau protester, impossible de lui faire comprendre que sa réponse était définitive.

— Que tu m'épouses ou non, tu peux rester ici, avait-il dit d'une voix douce. Aussi longtemps que tu voudras. Toute ta vie, même.

Cet échange l'avait mise un peu mal à l'aise, aussi avait-elle été soulagée de le voir partir.

Mais à entendre Franck évoquer la douceur du climat californien, Daisy avait soudain repensé aux paroles de son père, deux ans auparavant.

C'était juste après l'échec de son unique exposition, quand elle n'avait pas vendu un seul tableau et avait compris qu'elle devait renoncer à toute carrière artistique.

— Nous pourrions tout recommencer de zéro, avait dit son père. Aller nous installer à Santa Barbara, ma ville natale. C'est un bel endroit, chaud et lumineux. Nous pourrions acheter une petite villa au bord de la mer, avec un jardin.

— Quitter New York ? s'était-elle exclamée en essuyant ses larmes.

— Pourquoi pas ? Je changerais bien d'air. Encore une vente à conclure, et après… on verra.

Deux semaines plus tard, Patrick était arrêté, et il n'avait plus été question de repartir de zéro.

Mais après le départ de Franck, Daisy s'était tout à coup surprise à rêver d'ailleurs, de soleil et de mer, de chaleur, de fleurs… Avant de tomber malade, sa mère avait été infirmière. Elle-même aimait aider les autres, et elle savait que son salaire de serveuse ne lui suffirait pas à élever un enfant, surtout à Brooklyn.

Le cœur battant plus fort, elle avait alors pris contact avec une petite école d'infirmières de Santa Barbara et présenté sa candidature. Et, par miracle, elle avait été acceptée – et s'était même vu attribuer une bourse d'études. Elle commencerait sa formation à l'automne, quand le bébé aurait trois mois.

Tout allait bien, se répéta Daisy en continuant son chemin. Les nausées avaient cessé, elle avait réussi à faire des économies et elle avait un projet.

Mais dans une semaine, Franck devait rentrer à New York pour de bon. Or elle ne pouvait envisager de partager l'appartement avec lui. Par conséquent, elle devait déménager.

Où aller ? Aucune de ses amies n'avait suffisamment de place pour l'héberger. Et elle n'avait pas les moyens de louer un appartement – surtout qu'elle devait continuer à mettre de l'argent de côté.

Si elle avait été assez riche, elle serait partie à Santa Barbara dès maintenant. À New York, elle craignait toujours de croiser accidentellement Leonidas. Si jamais il apprenait qu'elle était enceinte, il pourrait essayer d'obtenir la garde de leur enfant.

D'un autre côté, elle avait son travail à Brooklyn, des amies, et – même si sa relation avec Franck avait pris un tour embarrassant –, elle avait un toit. La naissance étant prévue pour la mi-juin, il suffisait de tenir jusqu'à la fin du mois d'août. À ce moment-là, elle aurait de quoi louer un appartement à Santa Barbara et payer la caution. Autrement dit, elle pourrait commencer sa nouvelle vie.

D'ici là, elle n'avait qu'à croiser les doigts et prier pour que Leonidas ne cherche pas à avoir de ses nouvelles.

Voyant que la pluie menaçait, elle accéléra encore le pas et se mit à chantonner tandis qu'elle se rapprochait de l'immeuble où elle habitait. Depuis qu'elle avait appris que durant sa gestation, un bébé pouvait entendre la voix de sa mère, elle parlait à sa petite fille et lui chantait toutes sortes de chansons.

— Bonjour, Walter, dit-elle en souriant au gardien de l'immeuble.

— Bonjour, mademoiselle Cassidy. Comment va le bébé ? demanda-il avec sa gentillesse habituelle.

Quand elle ouvrit la porte de l'appartement quelques instants plus tard, Sunny bondit en jappant joyeusement et en remuant la queue. Daisy avait toujours droit aux mêmes démonstrations de joie, comme si elle s'était absentée durant des mois…

Elle caressa le dessus de la tête de la petite chienne en riant, puis se rendit à la cuisine pour lui donner à manger.

Pas la peine d'ôter son manteau. Aussitôt après avoir englouti le contenu de sa gamelle, Sunny bondirait vers la porte en aboyant avec enthousiasme. Peu importait qu'il fasse froid ou qu'il pleuve…

Prenant la laisse, Daisy l'attacha au collier de la chienne et ressortit de l'appartement.

Après avoir fait leur traditionnelle balade le long de l'East River, elles revinrent quarante minutes plus tard alors que le soleil commençait à disparaître derrière les gratte-ciels de Manhattan, laissant derrière lui de longues traînées rouges et orangées.

Se sentant soudain un peu faible, Daisy prit conscience qu'elle n'avait rien avalé depuis le petit déjeuner.

Repassant mentalement en revue le contenu du réfrigérateur, elle tira sur la laisse, pressée de rentrer, lorsqu'elle aperçut la Rolls-Royce garée devant l'immeuble, et vit un homme de haute taille et aux cheveux noirs en descendre.

Elle s'arrêta net, glacée. Inutile de tourner les talons et de s'enfuir en courant, Leonidas la rattraperait en dix secondes.

Leurs regards se croisèrent, puis il s'avança vers elle à grandes enjambées, le visage fermé.

Mon Dieu, faites qu'il ne se rende pas compte que je suis enceinte...

— Alors c'est vrai ? demanda-t-il d'une voix dure en baissant les yeux sur son ventre. Tu es enceinte ?

Comment l'avait-il appris ?

— Qu'est-ce que tu fais ici ? répliqua-t-elle, le menton levé.

— Réponds à ma question, Daisy.

À quoi bon nier l'évidence...

— Oui. Je suis enceinte.

Le regard sombre fouilla le sien.

— De moi ?

Daisy déglutit avec effort. Leonidas lui avait menti, mais elle ne souhaitait pas l'imiter. Elle ne pouvait lui mentir sur une chose aussi importante. Surtout qu'elle était persuadée que sa minuscule petite fille l'entendait, là, dans son ventre.

— C'est moi le père, Daisy ?

Les épaules raides, elle redressa encore le menton.

— Le père biologique, c'est tout.

— C'est tout ? répéta Leonidas en écarquillant les yeux.

Puis il plissa le front et, les mâchoires crispées, se mit à tourner lentement autour d'elle, comme à la recherche d'un point faible. Et en ignorant Sunny qui, la petite traîtresse, remuait frénétiquement la queue pour attirer son attention.

— Pourquoi ne m'as-tu rien dit ?

— Pourquoi l'aurais-je fait ? riposta-t-elle.

— Par honnêteté, peut-être ?

Elle le foudroya du regard.

— Tu ne mérites pas d'être son père.

À ces mots, Leonidas eut un petit mouvement de recul, comme si elle l'avait frappé.

— Tu as droit à mon soutien financier.

— Je n'en veux pas, rétorqua-t-elle, catégorique.

— Tu tiens vraiment à négliger les intérêts de cet enfant, par pure fierté ?

— Par fierté ! s'exclama-t-elle, indignée. Tu crois que c'est de ça qu'il s'agit ?

— De quoi d'autre, sinon ? Tu cherches à me faire mal. Sans te rendre compte que notre enfant en souffrira aussi.

Après tout ce temps, il réussissait encore à l'atteindre, réalisa-t-elle, choquée par ce constat. En outre, il était vraiment trop beau, vêtu de noir de la tête aux pieds… Ce qui ne l'aidait vraiment pas à lui tenir tête. Il avait les cheveux dans tous les sens et ne s'était manifestement pas rasé ce jour-là, mais cela ne faisait qu'accentuer son charme ténébreux.

— Il ne s'agit pas de fierté, répliqua Daisy avec force. Ce qui compte, c'est son bien-être et son équilibre à elle. Je ne veux pas qu'elle ait un père comme toi ! Un vulgaire menteur !

Leonidas tressaillit de façon visible, puis ils restèrent face à face à se foudroyer du regard.

— Tu me hais parce que j'ai dit la vérité concernant ton père, dit-il enfin lentement. Ce n'est pas moi que tu devrais haïr. Je ne t'ai jamais menti.

— Comment peux-tu dire une chose pareille ? riposta-t-elle, scandalisée. Tu m'as menti dès notre première rencontre, quand tu m'as dit ton nom…

— Je ne te l'ai pas donné en entier, l'interrompit-il de sa belle voix grave. Mais uniquement parce que j'aimais bavarder avec toi et que je voulais te revoir. Je n'ai jamais menti. Je n'ai jamais essayé de vendre un faux Picasso en prétendant qu'il s'agissait d'un vrai. Ce n'est pas moi, le criminel.

Le doute s'insinua en Daisy. Était-il possible que Leonidas ait raison ? Son père savait-il que le Picasso était un faux quand il avait tenté de le vendre ?

Je te jure que je ne suis pas un escroc, ma chérie. Je le jure sur ma vie, sur mon amour pour toi.

Quand il avait prononcé ces paroles, le soir de son arrestation, la voix de son père avait tremblé, et une émotion intense brillait dans ses yeux. Durant tout le procès puis après son incarcération, il avait continué à proclamer son innocence, disant qu'il avait été victime d'un faussaire. Mais il avait toujours refusé de révéler le nom de celui qui l'avait abusé.

Qui croire ? Le père bon et aimant qui avait élevé sa fille seul après la mort de sa femme ? Ou bien le milliardaire égoïste qui l'avait fait poursuivre en justice ?

— Je t'interdis de dire que mon père est un criminel !

— Il a été condamné. Il est allé en prison.

— Où il est mort – grâce à toi ! Tu as détruit sa vie pour te venger à cause d'un tableau qui ne représentait rien...

— Il représente plus que...

— Tu as détruit *ma* vie ! l'interrompit-elle à son tour. Pour satisfaire un simple caprice ! Alors pourquoi t'intéresserais-tu à mon enfant ? Pour détruire sa vie à elle aussi ? Nous n'avons pas besoin de toi, va-t'en et laisse-nous tranquilles !

Leonidas la dévisagea en silence, abasourdi. Il n'avait jamais envisagé de devenir père. Mais il n'aurait jamais imaginé non plus que, le cas échéant, la mère de son enfant puisse le haïr à ce point.

Le crépuscule était tombé, il entendait presque le murmure de l'eau, le bruit des voitures franchissant le pont.

Va-t'en et laisse-nous tranquilles.

La voix de sa propre mère résonna dans son esprit, comme en écho.

Tu me casses les oreilles ! Fiche-moi la paix et laisse-moi tranquille !

Depuis la mi-octobre, depuis leur rupture, Leonidas s'était efforcé de ne plus penser à Daisy. Elle était belle, oui, et alors ? Le monde était rempli de femmes ravissantes. Elle était intelligente, d'accord. Et même diabolique, puisque, en un rien de temps, elle avait réussi à le rendre fou de désir. À le persuader qu'elle était différente des autres. Que son amour pour lui pourrait le sauver et faire de lui un homme meilleur.

Ridicule. Humiliant. Il s'était conduit comme un imbécile, croyant à un lien spécial dépassant le simple désir sexuel. Il n'aurait pas dû baisser la garde. Il ne pouvait pas se permettre de dépendre de l'amour de quiconque.

Daisy Cassidy avait été la maîtresse la plus exaltante, la plus affolante qu'il eût jamais connue. Et aussi la plus dangereuse. Aussi avait-il ressenti le besoin de la bannir de sa vie. De ses pensées.

Après leur dispute, il avait quitté New York, résolu à l'oublier. Et il y était parvenu. La journée.

La nuit, c'était différent. Leonidas continuait de rêver de la jeune femme au charme innocent et sensuel qui avait chamboulé son existence. Dans ces songes brûlants, il lui donnait tout. Pas seulement son corps et sa fortune, il lui offrait son cœur. Et à chaque fois, elle le prenait et le piétinait sans pitié.

Deux jours plus tôt, il s'était réveillé de l'un de ces cauchemars, particulièrement atroce celui-là, dans son luxueux appartement parisien, en plein cœur de Saint-Germain-des-Prés, haletant et désespéré.

Depuis la fin de leur liaison, les journées se succédaient, toutes semblables, aussi grises et moroses les unes que les autres. Leonidas se souciait à peine de la puissante holding qui avait été autrefois le centre de son univers. Certains membres du conseil d'administration – jusque-là inconditionnellement acquis à sa cause – commençaient à dire qu'il faudrait peut-être envisager de chercher un autre P-DG.

Leonidas ne pouvait pas vraiment leur en vouloir. Il avait perdu son esprit de compétition et son sens aiguisé des affaires. En fait, il s'en fichait complètement. De tout.

Puis, subitement, son manque d'enthousiasme s'était mué en colère. Il s'était rendu compte qu'il n'avait pas remis les pieds au siège de Liontari depuis cette soirée calamiteuse. Daisy l'avait *chassé* de New York. Et elle continuait à l'empêcher de vivre, même si un océan les séparait.

Eh bien, c'était terminé.

Fort de cette résolution, Leonidas avait contacté son chef de la sécurité et lui avait demandé d'enquêter sur Daisy Cassidy. Il voulait *tout* savoir sur elle.

Ensuite, il avait appelé son pilote pour le prévenir qu'il souhaitait rentrer à New York. Il en avait assez de fuir cette femme. Il n'avait rien fait de mal, bon sang ! Peut-être qu'une fois replongé dans l'effervescence et le dynamisme régnant au siège, il redeviendrait le P-DG passionné et craint de ses adversaires.

En revanche, il ne souhaitait pas croiser Daisy par hasard à Manhattan, ni la voir au bras d'un autre homme. D'où la demande d'enquêter sur elle. Avec un peu de chance, il allait apprendre qu'elle était partie s'installer à Miami. Ou, mieux encore, en Sibérie.

Mais il ne s'était certes pas attendu à la nouvelle extraordinaire communiquée par son chef de la sécurité juste avant le départ pour l'aéroport privé situé en banlieue parisienne.

D'après ses amies, Daisy Cassidy était enceinte de six mois, et elle refusait de dévoiler l'identité du géniteur.

Leonidas n'avait aucun doute sur ce point. Lors de leur

rencontre, Daisy était vierge et elle lui avait été fidèle durant le mois qu'avait duré leur liaison. Il en était *certain*.

Par conséquent, elle était enceinte de lui.

Durant le vol Paris-New York, effectué la veille, il s'était senti nerveux, fébrile, obsédé par une question.

Le savait-elle déjà le soir où elle l'avait quitté ?

Une fois arrivé chez lui, Leonidas s'était jeté sur son lit et avait dormi comme une souche. Et cette fois, aucun rêve n'avait hanté son sommeil.

Réveillé tard, il s'était rendu au bureau, mais au bout de deux heures, il avait appelé son chauffeur. Ensuite, il avait attendu devant l'immeuble où habitait Daisy, en proie à une tension épouvantable, et se demandant si oui ou non il devait entrer et monter la voir.

Quand elle lui aurait confirmé l'identité du géniteur de l'enfant qu'elle portait, il ne pourrait plus revenir en arrière.

Puis soudain il l'avait aperçue, tenant son chien en laisse.

Il la dévorait des yeux. C'était plus fort que lui. Daisy était encore plus belle que dans son souvenir. Son visage rayonnait. Et son corps…

Elle s'était arrondie, évidemment, mais ses nouvelles rondeurs lui allaient merveilleusement bien. Il la trouvait encore plus désirable qu'autrefois.

Pourquoi lui avoir caché sa grossesse ? D'après le rapport remis par son enquêteur, elle travaillait toujours au café-restaurant et vivait toujours au même endroit. Dans l'appartement où ils avaient conçu leur enfant.

Va-t'en et laisse-nous tranquilles.

Comment la jeune femme douce et tendre pouvait-elle être devenue aussi cruelle ?

Il s'avança vers elle.

— Tu me crois si monstrueux que tu as préféré me dissimuler ta grossesse, Daisy ? Tu ne veux même pas que je t'aide à élever mon enfant ?

Une ombre passa sur les traits délicats, comme si Daisy se rendait compte qu'elle était allée trop loin.

— Nous n'avons pas besoin de toi, répéta-t-elle.

Sur ces mots, elle se détourna et s'éloigna rapidement, sa chienne sur les talons – il avait remarqué que le chien était en fait une femelle – puis disparut à l'intérieur de l'immeuble.

Espèce de monstre ! Je regrette de t'avoir mis au monde !

Un frisson traversa Leonidas tandis que, immobile, il contemplait le pont qui lui paraissait maintenant maléfique et menaçant.

Cela avait été les mots de sa mère, la dernière fois qu'il l'avait vue. Il avait quatorze ans et ils revenaient des obsèques de celui qu'il avait toujours pris pour son père, lorsque sa mère lui avait brutalement révélé la vérité. Avant d'ajouter qu'elle ne voulait plus jamais le revoir. Écœuré, fou de rage et de désespoir, Leonidas avait lacéré son précieux Picasso avec une paire de ciseaux. Mais elle le lui avait arraché des mains avant qu'il ne puisse le détruire complètement et lui avait lancé ces paroles venimeuses.

Une semaine plus tard, elle avait trouvé la mort lors du terrible tremblement de terre qui avait eu lieu en Turquie, et le Picasso avait disparu.

Ce jour-là, Leonidas avait perdu sa seule parente.

Mais maintenant…

Il leva les yeux et contempla la façade de l'immeuble dont les larges fenêtres donnaient sur l'East River.

Daisy lui avait caché sa grossesse parce qu'elle ne voulait pas de lui comme père de leur enfant.

Ce qui compte c'est son bien-être et son équilibre à elle. Je ne veux pas qu'elle ait un père comme toi !

Son équilibre à *elle*. Ils allaient avoir une petite fille. Or, que cela plaise ou non à Daisy, il était le père de cette enfant. Bientôt, sa fille aurait besoin de sa protection.

Les poings serrés, Leonidas s'avança vers l'entrée de

l'immeuble et fit signe à son chauffeur d'aller l'attendre au tournant de l'allée. Puis il pénétra dans le hall et se dirigea droit vers l'ascenseur, lorsque, soudain, le gardien lui barra le passage.

— Vous cherchez quelqu'un, monsieur ?

— Je vais chez Daisy Cassidy, répondit-il d'un ton brusque. Je connais le chemin.

— Vous allez devoir attendre, répliqua l'homme trapu en regagnant sa loge vitrée. Votre nom, s'il vous plaît ?

— Leonidas Niarxos.

Sans se troubler, le gardien souleva le combiné du téléphone et dit quelques mots avant de tourner les yeux vers Leonidas.

— Je suis désolé, Mlle Cassidy ne souhaite pas vous voir. Elle vous demande de partir immédiatement.

Leonidas retint un juron.

— Dites-lui que soit elle parle avec moi maintenant, soit elle se retrouve face à une armée d'avocats dans moins d'une heure.

Le gardien haussa les sourcils, puis reprit le téléphone avec calme, dit quelque chose à Daisy, avant de reposer l'appareil en soupirant.

— Vous pouvez monter, monsieur Niarxos.

Quand il s'avança vers l'ascenseur, Leonidas sentit le regard réprobateur du gardien le suivre, mais il n'en avait rien à faire. Il n'était plus le petit garçon impuissant de cinq ans. Ni un adolescent impulsif. Il était devenu un adulte, un homme puissant et riche, qui arrivait toujours à ses fins.

Et il ne laisserait pas Daisy lui voler son enfant.

La cabine s'immobilisa, les portes coulissèrent. Leonidas longea le couloir et s'arrêta devant l'appartement 502. Puis il leva la main et frappa, un seul coup sec.

La porte s'ouvrit et Daisy apparut, l'air furieux et en pleurs.

Oubliant instantanément ses griefs, il contempla les yeux lumineux emplis de larmes et sentit son cœur se serrer malgré lui.

Enceinte, Daisy était encore plus sensuelle, plus féminine qu'autrefois. Elle avait ôté son manteau et se tenait devant lui vêtue d'une longue chemise blanche et d'un legging noir. Étrangement, il la trouvait encore plus attirante que dans sa robe de satin émeraude.

Et dans ce ventre déjà bien rond, un bébé grandissait. Un petit être dont Daisy entendait le priver, alors qu'il était prêt à assumer ses responsabilités paternelles.

En fait, il venait de découvrir qu'il *désirait* être père. Il ignorait ce qu'était un bon père, mais il voulait plus que tout en être un.

— Comment *oses*-tu me menacer de m'envoyer tes avocats ? s'exclama-t-elle soudain en essuyant ses larmes.

— Et toi, comment *oses*-tu me menacer de me prendre mon enfant ?

Il entra dans l'appartement sans lui demander la permission, mais en veillant à ne pas la toucher ni l'effleurer.

Rien n'avait changé, constata Leonidas en regardant autour de lui. Il remarqua néanmoins quelques nouveautés, notamment une copie pas très réussie d'un Van Gogh célèbre et, surtout, le grand panier installé devant la cheminée, et dans lequel somnolait la protégée de Daisy.

Il avait été si heureux dans cet appartement, au temps béni où il était simplement Leo. De toute évidence, il n'y était plus le bienvenu, mais il savourait tout de même l'atmosphère chaleureuse qui se dégageait de la vaste pièce.

Un soupçon lui traversa soudain l'esprit.

— Tu m'as dit que cet appartement appartenait à Franck Bain…

— Oui, et alors ?

— Pourquoi te laisse-t-il y rester pendant aussi longtemps ? Vous êtes amants ?

Daisy referma la porte et se retourna vers lui.

— Cela ne te regarde pas, répondit-elle d'une voix glaciale. Mais, non, nous ne sommes pas amants. Franck était l'ami de mon père et il me prête son appartement pour m'aider.

— Ah… Et je suis censé te croire, je suppose ?

— Qu'est-ce que ça peut bien te faire, de toute façon ? riposta-t-elle d'un ton vif. Je suis sûre que tu ne t'es pas privé d'avoir des maîtresses depuis le soir où tu m'as fichue à la porte de chez toi.

Non, il n'avait pas fait l'amour depuis leur dernière étreinte. Mais il n'allait certes pas le lui dire.

— Je ne t'ai pas fichue à la porte.

— Tu m'as demandé ce que je faisais encore chez toi, et tu m'as demandé de partir !

— Étrange, je me souviens surtout de toi m'insultant, me traitant de menteur et me disant que tu regrettais de ne pas pouvoir me faire de mal.

Leonidas laissa échapper un rire dur et amer.

— Tu as trouvé un moyen de le faire, n'est-ce pas ? En me cachant ta grossesse.

Ils se dévisagèrent un long moment en silence. Ils étaient si proches l'un de l'autre qu'il aurait suffi d'un mouvement infime pour que leurs corps se frôlent. Leonidas baissa malgré lui les yeux sur les lèvres de Daisy.

— Tu n'es qu'un salaud, chuchota-t-elle.

Si elle avait su à quel point elle avait raison…

— Tu n'as pas toujours été de cet avis, répliqua-t-il en tournant les yeux vers la porte de sa chambre. Lorsque nous étions dans ton lit, tu semblais me trouver plutôt désirable. Tu me désirais autant que je te désirais.

La belle bouche pulpeuse s'entrouvrit, et un petit halètement s'en échappa.

— Tu sais être adorable quand cela t'arrange, dit-elle,

crispée. Mais sans ton charme, ton argent, ton pouvoir de séduction… tu n'es rien.

Espèce de monstre. Je regrette de t'avoir mis au monde !

En dépit de ses efforts pour les contenir, les émotions déferlèrent en lui – les émotions qu'il s'était acharné à dominer depuis des années, en construisant son entreprise, en accroissant sa fortune, en fréquentant des femmes superbes, en obtenant l'approbation du monde entier.

Brusquement, Leonidas se rendit compte qu'il n'y parviendrait jamais. En dépit de sa réputation et de sa fortune, il demeurait le jeune garçon non désiré, haï par son père et sa mère. Élevé dans la honte et le chagrin.

— Peu importe ce que tu penses de moi ou ce que je pense de toi. Ce qui compte, c'est notre enfant.

Elle le regarda en écarquillant les yeux.

— Tu crois que je ne le sais pas ? Pourquoi aurais-je tenté de dissimuler ma grossesse, sinon ?

— Tu ne penses pas que notre fille a besoin d'un père ?

— Pas d'un père comme toi !

Le pouls battait à ses tempes. Les accusations de Daisy attisaient sa rage, à tel point qu'il avait du mal à garder son calme.

— Tu m'accuses d'être un monstre, dit-il d'une voix égale néanmoins. Alors que j'essaie seulement d'assumer mes responsabilités paternelles.

— Ah bon ? En me menaçant de m'envoyer tes avocats ?

— Je n'en avais pas vraiment l'intention…

Il serra les mâchoires.

— Tu refusais de me voir, de me parler.

— Évidemment !

— Daisy…, dit-il doucement. Qu'est-ce que tu crains ?

Après avoir soutenu son regard un long moment, elle détourna les yeux. Leonidas attendit, respectant son silence.

— J'ai peur que tu essaies de me la prendre, dit-elle enfin d'une toute petite voix. Au tribunal, j'ai vu ce que ton argent et tes avocats pouvaient faire. J'ai peur que tu les utilises contre moi pour obtenir la garde de notre enfant. Pas parce que tu l'aimes, mais pour te venger. Et parce que tu en as le pouvoir.

Elle pensait vraiment le pire de lui !

— Je ne tenterais jamais de séparer un bébé de sa mère.

Quand elle tourna la tête vers lui, il vit un espoir immense briller dans ses yeux verts.

— C'est vrai ?

— Oui. Mais je suis moi aussi son parent. Je suis son père. Que cela te plaise ou non, nous sommes tous les deux responsables de cette enfant. Je n'aurais jamais imaginé devenir père, mais maintenant qu'elle existe, je ne peux pas renoncer à elle, Daisy. Elle est ma seule famille !

Apparemment ébranlée par ses paroles, elle hocha la tête en silence.

— Je ne peux pas l'abandonner, poursuivit Leonidas. Ni risquer qu'elle s'interroge à mon sujet, qu'elle se demande pourquoi je ne suis pas là, auprès d'elle. Pourquoi je ne t'aide pas à l'élever. Pourquoi je refuse de l'aimer. D'être son père.

— Qu'est-ce qu'on peut faire, alors ? murmura-t-elle en contemplant le plancher.

— Bonne question.

Comment s'assurer qu'il ferait partie de la vie de son enfant sans recourir aux avocats, aux menaces ? Sans toujours craindre que Daisy disparaisse tout à coup, ou qu'elle épouse un autre homme – lequel mépriserait peut-être en secret sa belle-fille parce qu'elle n'était pas de lui ?

Une idée absurde germa soudain dans son esprit. Complètement folle – et en même temps si simple, si évidente.

Tout serait résolu. Il n'avait jamais imaginé en venir à une telle décision, mais dès que l'idée s'installa en lui, toute tension, toute colère désertèrent Leonidas.

— Notre enfant a besoin d'un père, dit-il avec un léger

sourire. Elle a besoin d'un nom, et j'ai bien l'intention de lui donner le mien.

Il regarda Daisy droit dans les yeux.

— Et de te le donner aussi.

— Qu'est-ce que tu dis ? chuchota-t-elle, l'air horrifié.

— C'est très simple, Daisy. Tu vas m'épouser.

4.

Daisy demeura un instant sans voix. Puis elle explosa :

— Tu es fou ? Je ne vais certainement pas t'épouser !

— Nous avons engendré cette enfant ensemble. Je ne veux pas qu'elle se pose des questions sur l'identité de son géniteur. Ou qu'elle ne se sente pas aimée par ses deux parents.

— Comme si tu étais capable d'aimer quelqu'un !

— Tu as raison, j'ignore si j'en suis capable. En revanche, je sais que je peux la protéger et pourvoir à ses besoins. C'est mon rôle. Pas seulement envers elle, mais aussi envers toi.

— Pourquoi ? murmura Daisy, sidérée par sa franchise.

— Parce que j'en ai les moyens… Je suis peut-être incapable de t'aimer, Daisy, mais je peux t'aider, prendre soin de toi et de notre enfant, et veiller à ce que vous ne manquiez de rien. Si tu m'y autorises…

Elle déglutit avec peine.

— Peut-être, mais… nous marier… Comment pourrions-nous nous promettre de nous aimer jusqu'à la fin de nos jours alors que nous ne nous apprécions même pas ?

— L'amour n'est pas nécessaire dans notre situation, ni même souhaitable. Il pourrait au contraire s'avérer destructeur.

Destructeur ? Daisy contempla le beau visage viril, les mâchoires crispées, la tension marquant les traits de Leonidas.

Elle dut faire un effort pour ne pas se rapprocher de lui et le prendre dans ses bras, le questionner, le réconforter.

— Et épouser quelqu'un que l'on méprise ? Ce n'est pas destructeur ?

— Me hais-tu à ce point, Daisy ? Uniquement parce que j'ai eu peur de te dire mon vrai nom lorsque nous nous sommes rencontrés ? Parce que j'ai poursuivi en justice un homme qui avait voulu me vendre un faux ? Tu vas me haïr toute ta vie à cause de ça ? Sans te soucier des répercussions de ton attitude sur notre enfant ?

Le cœur battant à tout rompre, elle repensa à ce qu'elle avait ressenti au mois d'octobre, quand il avait anéanti tous ses rêves. Si cela se reproduisait, elle n'y survivrait pas.

— Je ne pourrai plus jamais t'aimer.

— Pas de problème. Je ne te le demande pas. Ce que je voudrais, en revanche, c'est que tu m'accordes une chance de regagner ta confiance.

Lui faire à nouveau confiance ? Aveuglée par son amour et le voyant comme un être parfait, elle avait eu totalement confiance en lui. Mais maintenant…

— Je ne sais pas si c'est possible.

— Tu aimes quelqu'un d'autre ? Franck Bain ?

— Je t'ai dit que c'était un ami, rien de plus !

Inutile de lui parler de la demande en mariage de Franck. Leonidas aurait risqué de s'en servir contre elle.

— Je ne souhaite pas retomber amoureuse. De personne. J'ai renoncé à ce rêve après…

Elle s'interrompit, mais trop tard.

Leonidas se rapprocha d'elle lentement.

— Après moi ?

Un frisson traversa Daisy. Elle fixa malgré elle les lèvres sensuelles. Impossible d'oublier les baisers passionnés, la chaleur de cette bouche sur sa peau…

Elle se ressaisit aussitôt. Pas question de laisser à nouveau ses sens l'emporter sur la raison ! Si elle était restée maîtresse de ses émotions, de son corps, elle n'en serait pas là !

— Dans ce cas, tu n'as plus à t'inquiéter, dit-il de cette voix insupportablement douce. Parce que nous sommes d'accord. Nous ne recherchons l'amour ni l'un ni l'autre. Il est trop destructeur.

Elle partageait son avis. Alors pourquoi cet horrible pincement au cœur tandis qu'elle acquiesçait ?

— Oui, tu as sans doute raison. Mais cela n'implique pas que je te pardonne ou oublie ce que tu as fait.

— Tu aimais ton père.

— Oui.

— Il comptait pour toi plus que tout au monde.

— Oui !

Leonidas plongea son regard dans le sien.

— Tu ne crois pas que notre fille mérite elle aussi d'avoir un père ?

Était-elle égoïste ? se demanda Daisy en retenant son souffle. Faisait-elle passer son amour-propre avant les intérêts de sa fille ?

— Comment savoir si tu seras un bon père ? répliqua-t-elle d'une voix mal assurée.

— Je ferai tout ce qu'il faut pour l'être. Je t'en donne ma parole d'honneur.

— Ta parole d'honneur..., répéta-t-elle avec amertume.

Lorsque, d'instinct, elle posa les mains sur son ventre, Leonidas les couvrit doucement avec les siennes.

— Oui. Et c'est très important pour moi, dit-il en la regardant dans les yeux. Je n'ai pas de famille, Daisy. Ni frères, ni sœurs, ni cousins. Mes parents sont morts. Je n'avais jamais envisagé de me marier ni d'avoir un enfant. Mais maintenant... Ce bébé est tout ce que j'ai. Alors la seule chose qui compte pour moi, c'est son bonheur. Je ferai tout ce qui est en mon pouvoir pour protéger notre fille et la rendre heureuse.

Daisy reçut ces paroles comme une promesse. Leonidas désirait vraiment être un bon père. Elle l'entendait dans sa voix. Elle ne s'y était pas attendue, mais il se souciait sincèrement de leur enfant.

De son côté, pouvait-elle vivre avec un homme qui lui avait menti, l'avait trompée ? Même si elle ne retombait plus jamais amoureuse de lui, serait-elle capable de partager sa vie ? De lui faire confiance en tant qu'ami ?

— Notre mariage comporterait plus d'un avantage, Daisy, reprit-il, la voix rauque. En plus d'être de simples partenaires, de vivre ensemble, nous pourrions partager d'autres… plaisirs.

Des images brûlantes jaillirent dans l'esprit de Daisy, et une chaleur irrépressible se répandit dans tout son corps.

— Si tu crois que je vais me précipiter dans ton lit, tu es fou, répliqua-t-elle à la hâte en reculant d'un pas.

Juste pour s'assurer de ne pas se laisser aller à faire une bêtise qu'elle regretterait ensuite. Se jeter dans ses bras, par exemple. Se presser contre le corps puissant et viril, embrasser la belle bouche ferme et sensuelle…

— Je ne peux pas oublier nos fabuleuses étreintes, Daisy. J'en rêve encore. Pas toi ?

— Non…, mentit-elle.

Les yeux de Leonidas étincelèrent. Un sourire terriblement sexy se dessina sur ses lèvres tandis qu'il franchissait le peu de distance qui les séparait et la prenait dans ses bras sans qu'elle ne tente de l'en empêcher.

— Tu veux que je t'aide à t'en souvenir ? murmura-t-il.

Sa voix douce, son regard lui caressaient les lèvres. Ils avaient fait l'amour tant de fois, dans cette pièce même. Sur le sofa, contre le mur… Daisy brûlait de l'embrasser, de sentir ses grandes mains chaudes sur son corps nu.

— Non, chuchota-t-elle en le repoussant.

Quand il la contempla en silence, elle crut voir un éclat vulnérable traverser son regard.

— Je ne renoncerai pas, Daisy. Je n'abandonnerai pas ma fille.

— Je sais.

Pourvu qu'il n'ait pas deviné qu'elle avait été à deux doigts de s'abandonner, elle, dans ses bras.

— Je suis fatiguée. On peut en reparler demain ?

— Non. Il faut régler ça maintenant.

Sortant de son panier, Sunny s'avança vers lui en remuant la queue puis s'arrêta devant ses pieds, en quête de caresse. Leonidas se pencha pour lui gratter le dessus de la tête, et quand il s'arrêta, Sunny lui lécha la main.

La traîtresse ! Au lieu de protéger sa maîtresse et de gronder pour chasser Leonidas, elle lui faisait du charme !

— Tu as l'air fatigué, en effet, dit-il gentiment. Tu as faim ? Je pourrais peut-être t'emmener dîner ?

Il la regardait, l'air hésitant. Comme s'il s'attendait à un refus. Or Daisy avait eu une journée éprouvante et, non seulement elle se sentait épuisée, mais elle mourait de faim.

— Dans un nouveau restaurant chic ? demanda-t-elle.

— Où tu voudras.

Leonidas baissa les yeux vers Sunny qui, en plus de lui lécher la main, lui tendait maintenant une patte.

— Tu peux même emmener ta chienne, ajouta-t-il avec un sourire dévastateur.

Il était vraiment injuste de se servir de Sunny contre elle. Daisy se détestait de réagir à ce sourire irrésistible, de frémir, de sentir palpiter les endroits les plus secrets de son corps. Elle ne valait pas mieux que sa chienne, au fond. Mais si elle ne mangeait pas quelque chose rapidement, elle allait s'évanouir.

— D'accord. Allons dîner. Dans un petit restau tranquille et chaleureux où les chiens sont acceptés.

— Je connais l'endroit idéal, répliqua-t-il en plissant les yeux.

Il avait réussi à l'emmener dîner, c'était déjà une victoire, songea Leonidas en observant Daisy à la dérobée. Assise à côté de lui à l'arrière de la Rolls-Royce, la chienne sur les genoux, elle gardait résolument les yeux tournés vers la vitre fumée.

C'était vraiment étrange. Il n'aurait jamais imaginé *désirer* se marier, et encore moins devenir père. Mais à présent, il était déterminé à faire les deux. Eh bien… En dépit de – ou peut-être *à cause de* – son enfance sinistre.

Il avait toujours cherché à se prouver quelque chose. D'abord à contenter celui qu'il prenait pour son père, mais celui-ci le trouvait toujours stupide et le traitait de bon à rien. Leonidas avait eu beau s'améliorer, évertuer à être le premier de la classe, le meilleur en escrime, cela ne changeait rien. Giannis le tyrannisait, le méprisait, tandis que sa mère l'ignorait complètement. Sauf quand ils avaient du monde parce que seules les apparences comptaient. Alors qu'en privé ses parents se disputaient violemment, ils offraient en public l'image du couple parfait et de parents aimants. Aux yeux d'autrui, ils formaient une famille unie.

Dans l'intimité, ils semblaient se haïr, mais pas autant qu'ils haïssaient Leonidas. Dès l'âge de cinq ans, il avait compris qu'il était mauvais. Il devait l'être, forcément. Sinon, pourquoi ses parents l'auraient-ils méprisé, détesté, en dépit de tous ses efforts pour les contenter, leur faire plaisir ?

Il n'avait jamais réussi à les impressionner. Puis un jour, ils étaient morts à peu de temps d'intervalle, le laissant seul au monde et le confiant à un tuteur qui l'avait renvoyé dans son pensionnat américain.

À vingt et un ans, fraîchement diplômé de Harvard, Leonidas avait repris les rênes de l'entreprise familiale, spécialisée dans la maroquinerie de luxe et au bord de la faillite après avoir été gérée pendant sept ans par un conseil d'administration composé d'incapables.

Il avait alors décidé qu'il pouvait se passer d'une famille.

Il n'en avait pas besoin. Ni d'amour. Le succès lui servirait à prouver au monde entier qui il était. Pour y parvenir, il avait tout redémarré de zéro, changé le nom de l'entreprise, et en moins d'une quinzaine d'années, avait transformé celle-ci en un véritable empire grâce à son travail acharné – et aussi grâce à la chance qui lui avait souri à des moments cruciaux. Il avait racheté d'autres entreprises, opéré des fusions, et créé, à la sueur de son front, la puissante holding dont le siège se trouvait à New York.

Mais aucun de ces combats, aucune de ces négociations où des milliards étaient en jeu, ne lui avaient jamais donné un sentiment de triomphe aussi puissant que lorsque Daisy avait accepté de dîner avec lui tout à l'heure.

Parce qu'il s'agissait d'une victoire strictement personnelle.

Les sentiments n'étaient pas son fort et son insensibilité représentait un précieux atout car elle lui permettait de demeurer rationnel en toutes circonstances. La seule émotion que Leonidas connaissait vraiment, c'était la colère, qu'il dominait aussi souvent que possible.

Sauf à l'époque où il était Leo.

Avec le recul, il trouvait vraiment étrange que, durant le mois où il avait été l'amant de Daisy, il ait pu se réjouir, exulter de baisser la garde, de ne plus devoir être à la hauteur des diverses attentes qui pesaient sur Leonidas Niarxos. Aux yeux de Daisy, il n'était pas un play-boy milliardaire, mais un homme comme un autre. N'importe qui. Sans qu'elle le voie pour autant comme un individu dénué de toute valeur. Au contraire. Elle le trouvait merveilleux. Parfait.

Il avait adoré cette liberté de pouvoir être lui-même au lieu de toujours devoir se tenir sur le qui-vive, prêt à attaquer un adversaire ou à défendre ses propres intérêts. Avec Daisy, il avait le droit de se laisser aller, comme la fois où ils avaient eu le fou rire en fouillant dans les albums vinyles d'un disquaire de Brooklyn, chacun rivalisant de mauvais goût en matière musicale. Ou encore la fois où ils avaient acheté des crèmes glacées en choisissant des parfums étranges et, une fois rentrés à l'appartement, s'étaient enduits réciproquement en mélangeant tous les parfums : chocolat, cannelle, banane, whisky…

Leonidas tressaillit au souvenir du goût exotique savouré à même le mamelon durci de Daisy.

Au fond de lui-même, il avait toujours su que c'était trop beau pour durer.

Eh bien, il s'était trompé. Il épouserait Daisy. Ils élèveraient leur enfant ensemble. Leur fille aurait une enfance différente de la sienne. Elle serait toujours entourée d'affection, d'amour. Soutenue, encouragée, qu'elle fasse des pâtés de boue, shoote dans un ballon ou apprenne ses tables de multiplication. Qu'elle réussisse ou échoue, elle saurait toujours que son père l'adorait.

Pour cela, il fallait qu'elle grandisse dans un foyer stable.

Leonidas regarda Daisy, assise à côté de lui sur la banquette de cuir gris. Elle gardait les yeux tournés vers la vitre en caressant sa chienne, comme pour se donner une contenance. Ou se procurer du réconfort.

Il désirait créer un partenariat avec elle. Développer entre eux un lien amical. C'était le meilleur moyen de construire un foyer équilibré, il en était convaincu.

Pour y parvenir, il devait lui faire la cour. La conquérir. Lui prouver qu'il méritait sa confiance et son estime.

Lorsque la Rolls-Royce s'arrêta devant chez lui, à West Village, Daisy rapprocha son visage de la vitre et leva les yeux sur la haute façade.

— C'est ça, ton petit restau tranquille et chaleureux ? demanda-t-elle sans se retourner.

— C'est chez moi. Et les chiens y sont les bienvenus.

— Depuis quand ?

— Depuis ce soir.

Descendant de voiture, Leonidas secoua la tête à l'adresse du chauffeur et alla ouvrir lui-même la portière de Daisy.

Mais elle sortit du véhicule sans le regarder ni prendre sa main tendue.

Serrant la chienne contre sa poitrine, elle leva de nouveau les yeux sur l'élégante bâtisse.

— Je ne suis pas sûre que ce soit une bonne idée.

— Ce n'est qu'un dîner décontracté entre amis.

Sans dire un mot, elle le suivit tandis qu'il gravissait les marches.

— Où est le majordome ? demanda-t-elle quand ils pénétrèrent dans le vaste hall d'entrée.

Leonidas l'aida à ôter son grand manteau noir.

— Il est parti il y a quelques mois. Quand je vivais à Paris, il a préféré aller travailler ailleurs parce qu'il s'ennuyait à ne rien faire. En revanche, j'ai toujours Mme Berry et plusieurs membres du personnel, mais ils sont tous rentrés chez eux.

Daisy se tourna vers lui en fronçant les sourcils.

— Nous sommes seuls, alors ?

Sans se presser, Leonidas ôta son propre manteau.

— Cela t'ennuie ?

— Pas du tout, répondit-elle en détournant les yeux. Je n'ai pas peur de toi.

— Tant mieux. Tu n'as rien à craindre de moi, Daisy. Tu ne le comprends pas ? Tu ne sais pas que je donnerais ma vie pour vous protéger, toi et le bébé ?

Elle le regarda.

— Tu parles sérieusement ?

— Notre enfant est ma seule famille, je te l'ai dit. Par conséquent, tu es toi aussi sous ma protection.

Durant quelques instants, leurs regards restèrent soudés l'un à l'autre. Daisy fixait sa bouche. Il avait posé la main sur son épaule…

La sonnette de la porte d'entrée tintinnabula, le faisant sursauter.

— Ce doit être le dîner, dit-il en souriant.

— Tu as fait livrer le repas ? demanda-t-elle, l'air surpris.

— Ma gouvernante est rentrée chez elle. Comment veux-tu que je te serve à dîner ? J'ai juré de te protéger, pas de t'empoisonner.

Un léger sourire se dessina sur la belle bouche pulpeuse.

Bien joué. C'était un bon début...

Leonidas alla ouvrir et échangea quelques mots avec le livreur avant de le saluer et de revenir vers Daisy, chargé de sacs en papier brun.

— On mange ?

— Qu'est-ce que c'est ? demanda-t-elle en regardant les sacs.

— Chinois. C'était ce que tu préférais, autrefois, mais si tu veux autre chose…

— Poulet impérial ?

— Évidemment.

— C'est parfait, répliqua-t-elle d'un ton neutre.

Après l'avoir invitée à le suivre, Leonidas traversa le rez-de-chaussée en direction de l'immense cuisine située à l'arrière de la maison. Là, il poussa la porte donnant sur une petite salle à manger cosy dont les larges fenêtres et la porte-fenêtre ouvraient sur le jardin.

— Tu as un jardin ? s'exclama Daisy, suffoquée. En plein cœur de Manhattan ?

— C'est à cause de ça que j'ai acheté cette maison. J'ai besoin d'air frais et d'espace.

Cette fois, elle le regarda en haussant les sourcils.

— Toi ? Tu aimes l'air frais ?

Il éclata de rire.

— Est-ce si étonnant ?

— Je t'imaginais passant ton temps dans des salles de réunion ou dans des soirées mondaines, ou bien installé à l'arrière de ta Rolls, ou…

— Laisse-moi deviner…, enchaîna-t-il, amusé. Assis

dans les sous-sol d'une banque en train de compter mes piles de pièces d'or comme Oncle Picsou ?

— Tu as un enfant ?

Décidément, elle avait une piètre opinion de lui.

— Non, mais j'en ai été un.

— En Grèce ?

— J'ai été envoyé dans un pensionnat américain à l'âge de neuf ans.

— Tes parents t'ont envoyé à l'étranger ? dit-elle en battant des cils, l'air horrifié. À *neuf* ans ?

— Oui, et ils m'ont rendu un sacré service !

Se détournant, Leonidas retourna à la cuisine où il prit deux assiettes et deux bols en porcelaine blanche ornés d'un liseré d'or, puis regagna la salle à manger et posa les assiettes sur la table, les bols sur le parquet ciré. Ensuite, il sortit trois bouteilles d'eau du petit réfrigérateur inséré en dessous de la table d'appoint, et remplit l'un des bols.

— Qu'est-ce que tu fais ?

L'air consterné, Daisy regarda la chienne se précipiter vers le bol et boire à grandes lampées.

— Tu n'as pas de vaisselle plus ordinaire ?

— Non, désolé.

— Il nous en faudra, quand…

Elle s'interrompit et se mordilla la lèvre inférieure.

— Quand notre fille mangera dans une assiette ? acheva Leonidas à sa place. Je suis impatient de voir ça. J'aimerais que cette maison devienne la tienne, Daisy. Et celle de notre enfant. Approprie-toi les lieux. Fais faire tous les aménagements, tous les changements que tu voudras.

Après l'avoir dévisagé en silence, les yeux emplis de stupeur, elle tourna la tête vers l'un des tableaux suspendus aux murs de la pièce.

— Tu aimes la peinture moderne…

— Oui, dit-il, incertain.

— Tu possèdes une œuvre de Franck ?

— Non, certainement pas ! s'exclama Leonidas avec dédain. Son travail est surestimé.

— Peut-être, mais tout le monde n'est pas de cet avis car il a énormément de succès et beaucoup d'argent. Il voyage un peu partout dans le monde, et toujours en première classe. Des tas de gens l'adorent.

— Toi y compris ? lança-t-il sans réfléchir.

— Tu es jaloux ? demanda-t-elle en haussant les sourcils.

— Possible.

— Tu n'étais pas jaloux, avant.

Leonidas haussa une épaule.

— Non, c'est vrai.

— Qu'est-ce qui a changé ?

— Tu ne me regardes plus de la même façon.

Du temps de leur liaison, elle le dévorait des yeux. Comme s'il était la plus belle merveille du monde. Elle l'aimait. Or après avoir vu la relation de ses parents se détériorer de jour en jour, jusqu'à se transformer en haine, il avait compris que l'amour n'était qu'un piège. Un leurre.

Mais à présent, l'amour de Daisy lui manquait.

— C'était il y a longtemps, dit-elle en se penchant pour caresser la tête de la chienne. Avant que je ne réalise que l'homme que j'aimais n'existait pas. Qu'il n'était qu'un rêve.

Un tressaillement parcourut Leonidas.

— Nous en inventerons un autre ensemble.

— Un autre rêve ?

— Oui, un partenariat. Une famille. Dans le respect mutuel.

— Peut-être, répliqua-t-elle avec un sourire forcé. Je ne sais pas. Ce n'était pas la première fois que je voyais s'écrouler un rêve. Je t'ai déjà raconté comment j'avais lamentablement échoué à devenir artiste ?

— Non.

— J'ai exposé et n'ai pas vendu un seul tableau.

Elle rougit et baissa les yeux.

— Je ne m'attends pas à ce que tu comprennes l'impression que ça fait. Tu n'as jamais connu d'échec, naturellement.

— On se sent vide. Impuissant… On a le sentiment que, quoi qu'on fasse, rien ne changera jamais.

Elle redressa la tête et le dévisagea en silence, l'air incrédule. Esquissant un faible sourire, Leonidas commença à sortir les boîtes des sacs posés sur la table.

— J'ai demandé à ma gouvernante d'acheter de la nourriture bio pour chien. Tout est dans la cuisine.

Tournant la tête vers Daisy, il haussa un sourcil.

— À moins qu'elle ne préfère elle aussi le poulet impérial ?

— Ah ah ! Très drôle !

Mais sa voix et son expression s'étaient radoucies, remarqua Leonidas, soulagé.

— Sunny a déjà mangé, de toute façon, enchaîna-t-elle.

— Comme tu voudras.

— Tu as invité tout le quartier ? demanda-t-elle soudain en le regardant sortir boîte après boîte.

Il lui tendit une assiette.

— J'ai pensé que tu aurais peut-être des *envies de femme enceinte*, alors j'ai pris un peu de tout. En plus d'une double portion de poulet impérial.

Après avoir posé les serviettes en papier et les baguettes sur la table, il s'assit en face de Daisy et attendit qu'elle se soit servie avant de se servir à son tour. Mais en vérité, il se fichait de ce qu'il avait dans son assiette. Il préférait la regarder manger.

Tout en dînant, ils parlèrent de tout et de rien tandis que, fasciné, il la voyait dévorer son poulet impérial avec appétit et se resservir aussitôt. Tout en elle lui plaisait, l'attirait. Pas seulement son corps épanoui de femme enceinte, ses seins, son ventre plus que rond. *Tout*. La façon dont elle éloignait lentement les baguettes de ses lèvres. L'ombre des cils foncés sur ses joues claires. Son cou gracieux.

Les longs cheveux châtains ondoyant sur ses épaules. Sa voix mélodieuse.

— Tu veux bien rester avec moi ? demanda-t-il avec calme. Au moins jusqu'à la naissance du bébé ?

— Ce n'est pas si simple.

— Je sais, répliqua-t-il en se penchant vers elle. Accorde-moi une chance de regagner ta confiance. De te montrer que je peux être le partenaire dont tu as besoin. Dont *vous* avez besoin, le bébé et toi.

Le regard soudé au sien, Leonidas eut soudain l'impression de perdre pied. Il aurait dû garder son sang-froid, maîtriser la situation, quitte à recourir à un peu de manipulation. Mais pour la première fois de sa vie, il ne le pouvait pas. Pas dans ces circonstances. Pas avec elle.

Daisy détourna les yeux.

— J'ai prévu d'aller m'installer en Californie à l'automne. Je vais faire des études d'infirmière.

— Pourquoi ? Tu n'as pas besoin de travailler.

À la perspective de la voir quitter New York, il se sentait glacé.

— Je ne te laisserai jamais tomber, Daisy. Tu pourras toujours compter sur mon soutien financier.

— Et si tu changes d'avis ? riposta-t-elle d'un ton brutal.

— Reste avec moi au moins jusqu'en septembre. Laisse-moi prendre soin de toi durant ta grossesse. Donne-moi une chance de créer un lien avec notre fille. Ensuite, tu verras comment tu te sens.

Elle se mordilla la lèvre inférieure.

— Rester ici ? Tout le printemps et tout l'été ?

— Aussi longtemps que tu voudras. De toute façon, tu n'auras plus jamais à t'inquiéter sur le plan matériel.

— Je ne te demande pas de m'aider, Leonidas.

— Tu es la mère de mon enfant. Je te l'ai dit : tu pourras toujours compter sur mon soutien. Je me *dois* de t'aider.

Il la regarda dans les yeux.

— Tu ne voudrais tout de même pas m'en empêcher ?

— Je suppose que je peux rester ici jusqu'en septembre, répliqua-t-elle avec un soupir. Si tu es certain que tu le souhaites vraiment ?

— J'en suis absolument certain.

— Tu te vois vivre au quotidien avec une femme enceinte ? Passer l'été entier avec un bébé qui pleure ? Ton mode de vie ne va pas en souffrir ?

— Je ne changerai pas d'avis.

— D'accord, dit-elle avec un sourire crispé. J'ai assez abusé de la charité de Franck. Je peux bien profiter un peu de la tienne.

— Il ne s'agit pas de charité. Je désire t'épouser.

— Lui aussi, dit-elle en fixant son assiette vide.

Leonidas retint un juron.

— Pardon ?

— Il m'a proposé de m'épouser par charité, justement ! s'exclama-t-elle en levant les yeux au ciel. Pas parce qu'il est transi d'amour pour moi !

— Il a essayé de t'embrasser ?

— Bien sûr que non ! Franck a l'âge d'être mon père !

Peut-être, mais le regard de Daisy s'était troublé. Que lui avait dit Franck Bain, exactement ? Leonidas était furieux contre ce type. Quel culot ! Daisy portait *son* enfant, bon sang !

Raison de plus pour l'épouser. Le plus vite possible.

— Tu restes, alors ?

— Oui, mais à une condition, dit-elle en redressant le menton. Tu dois me promettre que si je veux m'en aller, tu me laisseras partir.

Pas la peine de se disputer avec elle sur ce point. Une fois Daisy installée chez lui, il la convaincrait rapidement de la nécessité de leur mariage. Ils aimaient tous les deux leur enfant. C'était la meilleure raison d'officialiser leur relation.

— À condition que tu me promettes de ne jamais tenter de me séparer de ma fille, répliqua-t-il lentement. Et de ne jamais m'empêcher de la voir, même si tu quittes New York.

Elle acquiesça d'un petit hochement de tête.

— Nous sommes d'accord, alors, dit-il en lui tendant la main.

Leonidas savoura la chaleur de la paume douce contre la sienne avant que Daisy n'écarte sa main.

— Qu'est-ce qui t'a fait changer d'avis ? demanda-t-il d'un ton neutre.

— J'aimais mon père, et c'est cela qui m'a convaincue. Parce que tu as raison… Comment pourrais-je priver notre fille de la chance d'en avoir un ?

Une boule se nicha dans la gorge de Leonidas. Le fantôme de Patrick Cassidy se dresserait-il toujours entre eux ?

— Tu restes ici ce soir ? demanda-t-il doucement.

— Oui. Sunny aussi.

— Pas de problème. Comme je te l'ai dit, les chiens sont les bienvenus chez moi.

Il baissa les yeux sur la chienne allongée entre eux.

— Je crois qu'elle m'aime bien.

— Je l'avais remarqué, répliqua Daisy, pince-sans-rire.

Après avoir étouffé un bâillement, elle reprit :

— Je n'ai rien pour la nuit.

— Je peux envoyer quelqu'un…

— Tu voudrais réveiller l'un de tes employés et l'envoyer à Brooklyn ? Pas question ! Je me passerai de pyjama.

Leonidas sentit la sueur perler à son front tandis qu'il revoyait le corps nu aux rondeurs affolantes…

Il refoula la vision torride. Il ne tenterait pas de la séduire. Pas encore. Elle était trop sur la réserve. Il ne fallait surtout pas lui fournir de prétexte pour s'enfuir.

— Très bien. Nous irons chercher tes affaires demain.

— Il n'y a pas grand-chose à prendre, répliqua-t-elle

avec un sourire timide. Je n'aurai pas besoin de ton aide. Je peux très bien y aller en métro.

— Tu crois que je vais te laisser transporter tes valises en métro ? Tu rêves ? Je t'aiderai.

— D'accord, soupira-t-elle, avant de bâiller à nouveau. Je crois que je ferais mieux d'aller me coucher.

Non, il ne se l'imaginerait pas au lit…

— Je te montre ta chambre.

— Il faut d'abord sortir Sunny, dit-elle en se levant.

Elle eut à peine ouvert la porte-fenêtre que la chienne bondit pour se précipiter dans le jardin, tandis que Leonidas débarrassait la table et allait déposer la vaisselle sale dans l'évier de la cuisine.

Quand il regagna la salle à manger, Daisy et la chienne l'attendaient à côté de la porte.

— Suis-moi, dit-il après s'être éclairci la gorge. C'est au premier étage.

La chienne sur leurs talons, ils se dirigèrent vers l'escalier puis gravirent les marches en silence. Quand ils passèrent devant la porte de sa chambre, Daisy redressa les épaules. Elle repensait à leur dispute, comprit Leonidas sans ralentir le pas. Quelques instants plus tard, il la faisait entrer dans la chambre d'amis la plus confortable et il appuya sur l'interrupteur à l'entrée de la pièce. La lumière dorée jaillit, mettant en valeur la décoration aux teintes ivoire et rose pâle.

— Ta salle de bains est là, dit-il en désignant une porte. Tu devrais y trouver tout ce dont tu as besoin.

— Tu reçois souvent des invités ? demanda-t-elle, l'air embarrassé.

Quant à Sunny, elle explorait la pièce en remuant la queue, reniflait le tapis, le bas des meubles.

— Tu es la première, répondit Leonidas avec franchise. Mme Berry semble toujours s'attendre à ce que quelqu'un me rende visite et passe la nuit chez moi.

Puis il se détourna et s'avança vers la porte.

— Bonne nuit, Daisy.

— Merci, murmura-t-elle.

Arrivé dans le couloir, il se retourna et la regarda, immobile à l'entrée de la pièce.

— Merci d'être restée.

Elle se mordilla nerveusement la lèvre inférieure.

— Leonidas… Tu sais que… même si j'accepte de t'épouser… J'ai bien dit *si* j'accepte… Je ne…

— Tu ne… ? insista-t-il, le cœur lui martelant les côtes.

— Tu sais que je ne serai plus jamais à toi. Pas comme autrefois.

Plus jamais ? Leonidas se rappelait la sensation du corps doux et chaud entre ses bras comme s'ils avaient fait l'amour la veille. Et maintenant qu'elle était enceinte, son corps l'attirait encore davantage. Il voulait la voir nue. Voir ses seins, son ventre… Il bandait à cette seule pensée.

Il fit un pas vers elle et tendit le bras pour lui effleurer la joue.

— Je ferai tout mon possible pour te reconquérir, dit-il doucement. Et bientôt…

L'espace d'un instant, il se perdit dans les sublimes yeux verts aux pupilles dilatées. Oubliant toutes ses résolutions, il descendit son regard sur les lèvres pulpeuses et roses, pencha la tête…

— Non !

Daisy le repoussa violemment, les yeux emplis de larmes.

— Non ! répéta-t-elle avec force.

Avant de lui claquer la porte au nez.

5.

Après avoir passé la nuit à se tourner et retourner dans son lit, hanté par la vision du corps nu de Daisy, là, tout près, Leonidas avait fini par sombrer dans le sommeil au moment où l'aube commençait à se lever.

Quand il se réveilla, sa première pensée fut pour Daisy, qu'il imagina s'étirant avec volupté, la couette glissant sur son buste…

Chassant les images torrides qui se bousculaient dans son esprit, il se leva, constata en remontant le store qu'il avait neigé durant la nuit, alla prendre une douche et, vingt minutes plus tard, il sortit de sa chambre.

La porte de Daisy était ouverte.

Était-elle déjà descendue ? *Partie* ?

Non, pas de panique. Elle avait promis de ne jamais tenter de le priver de son enfant, et Leonidas la croyait sur parole.

Mais tout de même, il avait hâte de la voir.

Une fois au rez-de-chaussée, il ne trouva ni Daisy ni la chienne. En revanche, Phyllis Berry, sa fidèle gouvernante, préparait des œufs sur le plat et faisait griller du bacon.

— Bonjour, monsieur.

— Bonjour, madame Berry, répliqua-t-il en s'asseyant à table. Auriez-vous vu…

— Mlle Cassidy ?

La petite femme aux cheveux blancs prit une assiette et se tourna vers lui en souriant jusqu'aux oreilles.

— Oui. Et je n'ai qu'une chose à vous dire : *enfin* !

— Enfin ?

— Vous vous décidez enfin à vous fixer ! Une jeune femme si charmante. Et enceinte, en plus ! Vous ne perdez pas de temps ! ajouta-t-elle avec un petit rire malicieux.

Elle lui apporta les œufs et le bacon, une tasse de café bien noir, comme il l'aimait, et soupira.

— Je suis si impatiente de voir un bébé dans la maison, et de l'entendre trottiner partout. Et un chien ! J'avoue que je suis surprise, monsieur Niarxos. Mais mieux vaut tard que jamais, n'est-ce pas ? Vous y avez mis le temps, mais vous avez fini par suivre mon conseil !

Leonidas but une gorgée de café brûlant en faisant mine de parcourir les gros titres du journal financier posé à côté de son assiette.

— Vous avez croisé Daisy ? demanda-t-il d'un ton dégagé.

— Oui, il y a environ une demi-heure, juste avant qu'elle ne sorte avec sa chienne. Un beau brin de fille, dites donc !

Mme Berry se retourna vers l'évier en soupirant de nouveau.

— Ce que je ne comprends pas, c'est pourquoi vous ne l'avez pas encore épousée. Ah, les jeunes gens d'aujourd'hui…

Leonidas sourit. Les *jeunes gens* ? Il avait trente-cinq ans. Mais Mme Berry, qui travaillait pour lui depuis longtemps et n'avait pas d'enfants, le voyait un peu comme le petit-fils qu'elle n'avait jamais eu et n'hésitait pas à le réprimander quand elle jugeait qu'il avait fait une erreur ou, comme elle disait, une *bêtise*.

Soudain, il entendit la porte d'entrée s'ouvrir et se refermer, les griffes de la chienne cliqueter sur le marbre, puis la voix douce de Daisy qui saluait un membre du personnel dans le hall. Elle s'était déjà fait des amis, évidemment…

Sunny apparut la première, la langue pendante, ses pattes laissant des traces humides et sales sur le sol immaculé de la cuisine. Mme Berry blêmit, puis rapide comme l'éclair, souleva la chienne dans ses bras, et son visage ridé n'exprimait plus que de l'indulgence quand elle baissa les yeux sur Sunny.

— Je t'emmène à la buanderie, dit-elle affectueusement. Et après que nous aurons nettoyé tes pattes, je te donnerai à manger.

Sunny lui lécha la joue. Mme Berry sourit à Daisy qui entrait à son tour dans la cuisine.

— Si cela ne vous dérange pas, mademoiselle Cassidy, enchaîna-t-elle à la hâte.

— Mais non, bien sûr. Oh ! mon Dieu ! Je suis tellement désolée ! s'exclama Daisy en voyant les traces de pattes sur le sol. Nous vous causons beaucoup d'ennuis…

— Pas du tout ! répliqua Mme Berry avec un regard complice à Leonidas.

Elle lui signifiait ainsi qu'elle les laissait seuls. S'attendait-elle à ce qu'il pose un genou à terre devant Daisy aussitôt qu'elle aurait quitté la cuisine, et lui fasse une demande en mariage en bonne et due forme ? se demanda-t-il, agacé.

— Bonjour, Leonidas, dit Daisy d'une voix timide en ôtant son grand manteau noir. Tu as bien dormi ?

Il préféra mentir.

— Oui. Et toi ?

Une adorable roseur colora ses pommettes.

— Oui, très bien, merci. Et Sunny aussi ! Tu pourrais peut-être la sortir, de temps en temps. Elle serait sans doute ravie de courir avec toi. Elle a plus d'énergie que moi, maintenant, et elle tire tout le temps sur sa laisse !

— Si cela te pose un problème de la sortir, je pourrais demander à un membre du personnel de s'occuper de ce genre de corvée…

— Oh non ! l'interrompit-elle, l'air scandalisé. Ce n'est pas une corvée ! Sunny est ma chienne et j'aime la sortir. Je me disais seulement qu'elle aimerait peut-être courir avec toi.

— Oh ! je vois… Bien sûr. Je pourrais l'emmener courir le matin. Ou t'accompagner quand tu la sors, si tu veux.

— C'est vrai ? demanda-t-elle en battant des cils. Cela ne t'ennuierait pas ?

— Absolument pas. Je l'aime bien.

Il la regarda un instant en silence avant d'ajouter :

— Et je t'aime bien aussi.

À cet instant, il remarqua les cernes mauves soulignant ses yeux. De toute évidence, elle n'avait pas bien dormi non plus.

— Assieds-toi, dit-il en se levant.

Il tira une chaise pour elle.

— Je te sers le petit déjeuner ? Tu as faim ?

— Merci, dit-elle en souriant. Mme Berry m'a servi du pain grillé et des fruits avant de me laisser sortir Sunny.

Un bon point pour Mme Berry.

— Parfait. Et comment te sens-tu ?

Une expression peinée envahit les traits fins.

— Je crois que nous avons commis une grave erreur !

— Une erreur ? répéta-t-il, imaginant déjà le pire.

— Oui, dit-elle doucement. Je ne peux pas rester ici.

Leonidas la dévisagea en silence, consterné.

— Parce que j'ai voulu t'embrasser hier soir, c'est ça ?

Sans dire un mot, elle hocha la tête et baissa les yeux.

Il devait la rassurer. Lui faire comprendre qu'elle était en sécurité chez lui.

— Tu n'as aucune raison d'avoir peur de moi.

— Ce n'est pas de toi que j'ai peur. C'est…

— De quoi as-tu peur, Daisy ?

Lorsqu'elle leva les yeux, il comprit que, bien qu'elle prétende le contraire, elle ressentait la même chose que lui. Le même désir, la même attirance.

Elle avait peur d'elle-même. De son propre désir. Elle craignait de se perdre en y cédant.

S'il ne la rassurait pas, elle s'en irait.

— Et si je te promets de ne plus chercher à t'embrasser ?

Le silence s'installa entre eux, lourd de sous-entendus.

— Tu me le promettrais vraiment ? Sincèrement ? demanda-t-elle enfin.

— Oui. Je n'essayerai plus jamais de t'embrasser, Daisy. Sauf si tu le désires.

— Tu me le jures ? Tu me donnes ta parole d'honneur ?

— Oui.

— D'accord, alors… Je reste.

Se rendant compte qu'il retenait son souffle, Leonidas se força à se détendre.

— Très bien.

Mieux valait ne pas penser au supplice qui l'attendait. Aux efforts surhumains qu'il allait devoir faire pour résister à la tentation.

— Je dois aller travailler, aujourd'hui.

— Tu travailles ?

— Je suis le P-DG et le principal actionnaire de Liontari.

— Ah oui… Tu me l'avais dit…

— Tu as probablement entendu parler de nos marques. Lancry, par exemple.

— Qu'est-ce que c'est ?

— Du champagne.

— Non, je ne connais pas. Mais je ne bois pas beaucoup…

— Les montres Ridenbaugh ? Les diamants Helios ? Les sacs Cialov ?

— Non…, murmura Daisy en secouant la tête.

— OK. Je t'emmène faire un tour.

— Faire un tour ? Tu viens de dire que tu travaillais…

— J'ai changé d'avis. Nous allons commencer par aller chercher tes affaires et, ensuite, je t'emmène faire un peu de shopping.

— Quel genre de shopping ? demanda-t-elle en fronçant les sourcils.

— Des choses pour ta grossesse. Pour le bébé.

— Ce n'est pas à toi de les acheter.

— Dis-toi qu'en acceptant, tu me rends service, répliqua-t-il, désinvolte. Vois cela comme une étude de marché. Tu es la consommatrice idéale, puisque novice, et j'aimerais avoir ton avis sur certaines de nos marques.

— Je ne vois pas en quoi mon avis pourrait t'être utile.

— Non seulement il me serait précieux, mais j'aimerais que tu comprennes ce que je fais.

Il sourit.

— Tu ne voulais pas en savoir davantage sur moi, sur mon métier ?

Les beaux yeux clairs se troublèrent.

— C'était avant… Et puis je ne sais pas si je peux laisser Sunny ici, toute seule…

— Mme Berry se chargera avec plaisir de la surveiller. Elle sait s'y prendre avec les chiens car elle en a deux, des Yorkshire Terrier. Alors tu peux avoir confiance en elle.

Daisy demeura silencieuse, l'air indécis.

— D'accord, dit-elle enfin. À condition que nous ne sortions pas trop longtemps.

Doucement, Leonidas lui prit la main gauche.

— Nous pourrions aller chez Helios… Et jeter un coup d'œil aux bagues de fiançailles.

Il la sentit frissonner et vit un éclat vulnérable traverser son regard.

— Non, déclara-t-elle en dégageant sa main. Pas de bague.

Eh bien, tant pis, il avait essayé…

— Tu dois avoir besoin de vêtements. Pour toi et le bébé.

Elle soupira et, inclinant la tête de côté, elle posa une main sur son ventre.

— Je pourrais peut-être m'acheter un nouveau manteau. Je n'arrive plus à remonter la fermeture Éclair du mien.

Incapable de s'en empêcher, Leonidas songea aux seins épanouis moulés par le pull en laine violet foncé. Il les imagina nus, encore plus sexy qu'autrefois…

— Mais je peux très bien le payer, poursuivit-elle aussitôt.

Il soupira intérieurement. C'était bien la première fois qu'il avait du mal à convaincre une femme de le laisser lui offrir quelque chose.

— Chez Franck, il ne faut pas que j'oublie de prendre mon uniforme de serveuse, ajouta-t-elle. Je travaille demain.

— Tu ne comptes tout de même pas retourner travailler au café-restaurant ? s'exclama-t-il, suffoqué.

— Si, bien sûr ! Tu croyais que j'allais donner ma démission ? Laisser ma patronne en plan comme ça, du jour au lendemain ?

— Tu n'as plus besoin de travailler ! Je suis là ! Je…

— Tu m'interdis de travailler, c'est ça ? l'interrompit-elle sèchement.

— Non, pas du tout. Mais ne me dis pas que, dans ton état, ce n'est pas pénible de rester debout toute la journée !

Elle le regarda en silence, l'air un peu radouci.

— Bon, je vais y réfléchir. Mais… on ne pourrait pas aller chercher mes affaires en métro ?

— Tu n'aimes pas la Rolls-Royce ?

— C'est une *limousine* ! répliqua-t-elle en levant les yeux au ciel. Avec un chauffeur en uniforme !

— Et alors ?

— Je trouve ça un peu trop… voyant.

Cette fois, elle exagérait. Leonidas était prêt à se mettre en quatre pour lui faire plaisir, mais pas à prendre le métro. Ils optèrent pour un compromis : Jenkins porterait des vêtements classiques et les emmènerait à Brooklyn dans la Land Rover.

Quand ils pénétrèrent dans le hall de l'immeuble donnant sur l'East River, le gardien accueillit Daisy avec un sourire chaleureux tandis que Leonidas avait droit à un sourire glacial.

— Tout va bien, mademoiselle Cassidy ?

— Oui. Merci, Walter.

Elle tourna les yeux vers Leonidas en haussant les sourcils, l'air franchement moqueur.

— Merci, Walter, répéta-t-il.

Le Walter en question ne daigna même pas hocher la tête.

Lorsque, une demi-heure plus tard, Daisy lui annonça que toutes ses affaires étaient prêtes, Leonidas contempla avec stupeur les deux valises et le grand carton rempli de livres, et la peinture appuyée contre celui-ci.

— C'est tout ce que tu possèdes ?

— J'ai dû me séparer de beaucoup de choses, répondit-elle avec un haussement d'épaule. Pour payer l'avocat de mon père.

Elle hésita un instant avant d'ajouter avec calme :

— Le reste m'a permis de financer ses obsèques.

Leurs regards se croisèrent, et il vit un reproche muet dans ses yeux. Comment lui faire comprendre que ce n'était pas sa faute si son père avait vendu des faux ? Et qu'il n'était pas non plus responsable de sa mort en prison ?

— Je suis désolé, dit-il lentement. Cela a dû être très dur pour toi.

— Oui, murmura-t-elle en se penchant pour soulever la peinture appuyée contre le carton.

Leonidas vit un enchevêtrement confus de formes et de couleurs, sans thème, comme jetées sur la toile à la va-vite.

— Je sais que ce n'est pas bon, dit Daisy, suivant son regard.

Il s'avança et lui prit le tableau des mains.

— Je ne dirais pas ça…

— Arrête ! C'est nul, je le sais. Je l'ai peint à la fin de ma dernière année à l'école d'art. Je voulais faire quelque chose de spectaculaire, d'extraordinaire, alors j'ai recommencé, encore et encore, demandant l'avis à tout le monde et me fiant à ce qu'on me disait.

— C'est peut-être ça, le problème. On sent l'influence

de toutes sortes d'artistes contemporains. Et toi ? Que cherchais-tu à exprimer ?

— Je ne sais pas, murmura-t-elle. Je crois que je n'ai rien à dire…

— Ce n'est pas vrai, répliqua-t-il doucement. Je suis sûr du contraire.

— Non, mais ce n'est pas dramatique, répliqua-t-elle avec un petit rire embarrassé. Je l'ai accepté. Vraiment… J'ai voulu devenir artiste et j'ai échoué. Je n'ai jamais vendu une seule toile – et pourtant je n'avais pas ménagé mes efforts ! Mais peut-être qu'un jour je produirai quelque chose, qui sait ? Quand j'aurai le courage de m'y remettre.

Elle lui sourit timidement.

— Tu me trouves stupide, n'est-ce pas ?

À cet instant, le chauffeur frappa à la porte, l'empêchant de répondre. Jenkins se chargea des valises, lui du carton tandis que Daisy portait son unique tableau.

Quand ils furent installés à l'arrière de la Land Rover, elle demanda tout à coup s'il voulait bien qu'ils passent au café-restaurant.

— Pas de problème.

— Il faut que je parle à ma patronne, dit-elle, l'air triste.

Lorsque le véhicule se gara devant l'établissement archi bondé, Leonidas se tourna vers elle.

— Tu veux que je t'accompagne ?

— Non. Je préfère y aller seule.

Il la regarda disparaître dans la salle brillamment éclairée, puis contempla la décoration vintage à travers les immenses fenêtres en repensant à leur première rencontre. Pour lui, elle avait été comme une bouffée de fraîcheur et de joie. Dès l'instant où il avait aperçu Daisy, il avait eu l'impression de se réveiller d'un long sommeil. De voir resurgir le printemps après un hiver interminable et glacé.

Jamais plus il ne serait Leo. Jamais plus Daisy ne le regarderait avec des étoiles plein les yeux. Ils formeraient un tandem, un partenariat, et il devrait s'en contenter. D'autant plus qu'il n'avait pas d'amour à lui offrir en retour.

Quelques instants plus tard, alors qu'il consultait sa messagerie sur son smartphone, la portière s'ouvrit.

— Tout va bien ? demanda-t-il quand Daisy fut remontée en voiture.

— C'est bon, dit-elle avec un sourire nostalgique. Claudia ma patronne, n'a pas besoin de préavis. En fait, je ne lui étais plus très utile, mais elle ne pouvait pas licencier une future mère célibataire. Mais maintenant que j'ai un papa milliardaire pour mon bébé…

Il sourit.

— Tu lui as parlé de moi ?

— Je ne lui ai pas tout raconté, répondit-elle en tournant la tête vers la vitre.

Une tristesse étrange gagna Leonidas, mais il la refoula aussitôt.

— Alors comme ça, tu n'as jamais entendu parler du champagne Lancry ni des diamants Helios ? dit-il pour rompre le silence. Et Bandia ?

Elle secoua la tête, les yeux toujours tournés vers la vitre.

— C'est une petite marque de luxe spécialisée dans les vêtements de grossesse, et aussi les vêtements pour bébés. Nous pourrions aller voir ce qu'ils ont comme manteaux ?

— D'accord, répondit-elle d'un ton maussade.

— Et Astrara, tu en as déjà entendu parler ?

Cette fois, elle le regarda, l'air agacé.

— Évidemment ! Je ne vis pas sur une autre planète !

Ah, elle en connaissait au moins une. Il aurait peut-être dû commencer par Astrara, aussi célèbre que Gucci ou Chanel.

— Où veux-tu aller en premier ? Chez Bandia ? Astrara ?

— Il faut vraiment que je choisisse ?

— Oui.

— Bandia, alors. Ce nom me paraît plus ordinaire… Les prix seront peut-être moins faramineux.

Leonidas se garda bien de la détromper. Mais il avait tort d'avoir cru remporter une victoire.

Une heure plus tard, ils ressortirent en effet du luxueux magasin avec en tout et pour tout un manteau en laine blanc que Daisy l'avait laissé lui acheter après de multiples protestations, et uniquement parce qu'il était en solde. Impossible de lui offrir d'autres vêtements ou accessoires. Elle préférait ses T-shirts, avait-elle déclaré d'un ton péremptoire après que la vendeuse lui eut présenté une ravissante tunique en jersey de soie.

Il réussit néanmoins à l'emmener chez Loyavault, la célèbre parfumerie de la Cinquième Avenue, mais Daisy eut l'air de franchement s'ennuyer et soupira à plusieurs reprises. Sauf qu'à un moment elle s'arrêta devant un stand où était présenté un flacon de parfum rose tendre.

Délicatement, elle souleva la petite bouteille sphérique et la porta à ses narines et ferma les yeux.

— Divin..., murmura-t-elle en les rouvrant, un sourire extasié aux lèvres.

— J'ai raté ton anniversaire, alors tu peux bien me laisser t'offrir un petit cadeau, non ?

Elle hocha la tête.

— D'accord. Mais après, plus de shopping.

Il comprit que le luxe n'impressionnait pas Daisy...

— On va déjeuner ? demanda Leonidas en sortant du magasin.

Le soleil brillait dans le ciel bleu, et un petit air de printemps flottait dans l'atmosphère.

— Dans un restaurant ultra chic, c'est ça ?

— Je connais un endroit sympathique tout près d'ici. C'est un restaurant français, ou plus exactement breton. On y mange des crêpes.

— D'accord.

— On y va à pied, ou en voiture ?

— Je préfère marcher.

La crêperie se trouvait à quelques centaines de mètres, nichée au fond d'une petite rue, et Leonidas y était venu une fois lors d'un séjour de quelques jours à New York à l'époque où il était encore étudiant.

Ils durent attendre vingt minutes avant qu'un homme à la barbe blanche les conduise à une table minuscule.

— Vous prenez la complète ? demanda-t-il d'une voix rauque nuancée d'un fort accent français.

Leonidas croisa le regard de Daisy.

— Oui ?

— Pourquoi pas ? répliqua-t-elle en souriant.

— Du cidre ?

— Non, seulement de l'eau, s'il vous plaît, dit Leonidas.

Après le départ du serveur, il regarda Daisy.

— Tu n'apprécies pas le luxe, si j'ai bien compris. Qu'il s'agisse de restaurants, de voitures, de vêtements…

— Je suis désolée, murmura-t-elle, l'air coupable. Je ne voulais pas être impolie…

— Tu ne l'es pas, Daisy. Je me demande seulement pourquoi tu es aussi insensible au luxe.

— C'est encore pour ton étude de marché ?

— Si tu veux.

— Tout cela me paraît tellement cher… Et… *inutile*.

— Inutile ? répéta Leonidas, un peu blessé. Et l'art ? Tu le trouves inutile aussi ?

Elle entrouvrit les lèvres, interloquée.

— Bien sûr que non ! L'art est utile, nécessaire ! C'est un moyen d'expression essentiel. Il permet de traduire le ressenti le plus profond de l'artiste, d'explorer et de mettre en valeur ce qu'il y a d'humain en nous.

— On pourrait dire la même chose des vêtements. Ou des parfums. Ou même de la nourriture.

Au lieu de répliquer, elle le dévisagea en silence puis soupira.

— Tu as raison…

Leonidas n'eut pas le temps de savourer son triomphe. Le petit homme à la barbe blanche était de retour avec deux grandes assiettes.

— Voilà, dit-il en les posant sur la table.

— Hum, ça sent délicieusement bon, commenta Daisy en contemplant sa crêpe au sarrasin sur laquelle trônait un œuf miroir.

Elle en coupa un petit morceau, le glissa entre ses lèvres, puis laissa échapper un petit gémissement qui mit Leonidas à rude épreuve.

— C'est… *diaboliquement* bon, dit-elle dans un souffle.

Fasciné, il la regarda dévorer sa crêpe jusqu'à la dernière miette.

— Tu en veux une deuxième ?

— Une deuxième ? répéta-telle en se léchant les lèvres.

Seigneur… Quel supplice…

Elle baissa les yeux sur la crêpe de Leonidas.

— Tu ne manges pas la tienne ?

— Prends-la, je t'en prie, dit-il en poussant son assiette vers elle.

— Merci, murmura Daisy avec un sourire éblouissant.

Deux minutes plus tard, l'assiette était vide.

Le serveur réapparut et débarrassa la table en un tournemain.

— Un dessert ?

— Oui, avec plaisir, répondit-elle avec chaleur. Je n'ai jamais rien mangé d'aussi bon de toute ma vie !

L'homme fronça les sourcils puis sourit à son tour.

— Merci, madame.

Personne ne résistait au charme et à la gentillesse de Daisy…

Quant à Leonidas, il se demandait comment il avait bien pu lui donner sa parole d'honneur de ne jamais plus tenter de l'embrasser.

Mais il la reconquerrait, se promit-il. Et pas pour une nuit. Pour toujours.

— Mon Dieu, que c'est bon…, murmura Daisy en attaquant sa crêpe beurre sucre.

Cette fois, Leonidas lui en commanda une autre sans même lui demander son avis.

— Je regrette que tu n'aies pas profité davantage de notre petite virée de shopping, dit-il en la regardant se lécher à nouveau les lèvres.

— J'ai beaucoup apprécié la gentillesse du personnel… Ils ont tous été adorables avec moi.

— Plus tard, j'aimerais te faire découvrir quelques-unes de nos marques moins connues du grand public mais tout aussi prestigieuses. Je veux que tu connaisses l'étendue et la diversité de mon empire. Un jour, il appartiendra à notre fille.

Elle faillit lâcher sa fourchette qu'elle posa à la hâte sur son assiette.

— Notre fille héritera de tout cela ?

Incroyable ! Cela ne lui avait même pas effleuré l'esprit ! Alors qu'à sa place, n'importe quelle autre femme aurait pensé en premier lieu à l'héritage de son enfant.

— Bien sûr. Tout lui appartiendra.

Elle le regarda en fronçant les sourcils.

— Mais si… si elle n'en veut pas ?

— Ne pas vouloir de Liontari ? Tu plaisantes ? Et puis, pourquoi n'en voudrait-elle pas ?

Daisy reprit sa fourchette et mangea un bout de sa crêpe.

— Tous les enfants n'ont pas envie de prendre la relève de leurs parents, ni d'exercer la même profession que leur père ou leur mère.

— Ce n'est pas seulement une profession, répliqua-t-il, agacé. Il s'agit d'une holding puissante qui englobe les plus grandes marques de luxe du monde, et cela représente des centaines de milliards de dollars…

Il se calma en inspirant à fond. Daisy n'avait pas voulu l'insulter.

— Ne t'inquiète pas, reprit-il d'un ton rassurant. Je lui apprendrai tout ce qu'elle aura besoin de savoir. Et quand le moment viendra de prendre ma place, elle aura le conseil d'administration à ses pieds.

— Oui, peut-être. Si elle le désire.

— Si elle le désire ? répéta Leonidas avec incrédulité. Comment pourrait-elle ne pas désirer diriger un empire ? Surtout que je l'ai créé de mes propres mains, à la sueur de mon front !

Daisy haussa les épaules.

— Elle pourrait trouver ça barbant. Elle voudra peut-être être… je ne sais pas… comptable. Actrice ou fleuriste.

— Tu es sérieuse ? demanda-t-il lentement.

— Je veux seulement qu'elle trouve *sa* voie, *sa* passion. Comme tu as trouvé la tienne.

— Ma passion ?

— Eh bien oui, dit-elle en souriant. Liontari, c'est ta passion, non ?

— Ah ?

— Bâtir un empire, ça ne s'apprend pas dans un livre. Ni à l'université.

— Et toi, quelle est ta passion, Daisy ?

Son visage se rembrunit. Elle baissa les yeux sur son assiette.

— L'art, j'imagine. Même si je ne suis pas douée pour ça.

Elle avait l'air si triste, tout à coup. Mais comment la réconforter ? Lui redonner confiance en elle ?

Quand ils quittèrent la crêperie, Leonidas repensa aux paroles de Daisy. Si Liontari était sa passion, pourquoi, pendant plusieurs mois, s'était-il contenté de suivre de loin les activités de la puissante holding ? Avant de monter à bord de la Land Rover qui les attendait un peu plus loin, Daisy se rapprocha soudain de lui et lui prit le bras.

— Merci, chuchota-t-elle. Pour les crêpes. Le manteau. Le parfum. Merci pour cette merveilleuse journée, Leonidas.

Il la regarda, le cœur battant à un rythme fou.

À cet instant, il ne pouvait imaginer de passion plus profonde, plus intense, que celle qu'il nourrissait pour Daisy.

6.

Daisy contempla son reflet dans le miroir de sa superbe chambre où prédominaient les teintes ivoire et rose.

Une étrangère la dévisageait, une femme glamour vêtue d'une robe de soie rouge qui moulait ses seins épanouis et son ventre rond.

Lorsque Leonidas la lui avait offerte deux jours plus tôt, il avait dit avec un petit sourire en coin qu'elle ne pouvait tout de même pas l'accompagner à un gala de charité en legging et T-shirt. Et elle avait été incapable de résister plus longtemps. D'autant qu'elle se sentait un peu coupable d'avoir repoussé toutes ses propositions lors de leur virée de shopping.

En outre, cette robe était vraiment somptueuse… Et très sexy, avec la fente sur le côté qui dévoilait sa jambe. Ses cheveux châtains ondulaient librement sur ses épaules nues, et elle avait appliqué du mascara noir, du rouge à lèvres assorti à la teinte de la robe, enveloppée d'un nuage du parfum offert par Leonidas. Sans oublier ses tout nouveaux escarpins. Ce matin-là, alors qu'elle venait de se rendre compte que ses vieilles ballerines noires n'iraient pas du tout avec cette robe sophistiquée, une paire de magnifiques escarpins était apparue comme par magie devant sa porte – des sandales à haut talon et bout ouvert en satin argenté qui lui allaient parfaitement.

— Qui es-tu ? demanda-t-elle à son reflet.

À moitié endormie dans son panier installé devant l'élégante cheminée, Sunny redressa la tête.

— Ne t'inquiète pas, Sunny. Tout va bien. Je ne suis pas folle.

Elle l'espérait, du moins…

Daisy tourna les yeux vers son smartphone posé sur la ravissante coiffeuse en acajou.

Une heure plus tôt, elle avait vérifié l'état de son compte bancaire et avait contemplé l'écran de son téléphone en retenant son souffle. Elle avait fermé les yeux, les avait rouverts…

Il lui restait les quelques centaines de dollars prévus, plus *un million de dollars.*

Pourquoi Leonidas avait-il fait cela ? Elle ne lui avait rien demandé ! Mais il ne l'avait pas fait pour elle, en fait. Cet argent était destiné à protéger le bébé. Il voulait qu'elle n'ait jamais à s'inquiéter, qu'elle n'ait jamais peur de se retrouver démunie.

C'est mon rôle. Tu ne voudrais tout de même pas m'en empêcher ?

Surtout qu'elle lui avait posé d'autres interdits. Lorsque, le premier soir, il l'avait presque embrassée, elle avait été terrifiée. Elle avait compris que si elle le laissait faire, elle se livrerait tout entière à lui.

Mais pouvait-elle garder cet argent, même pour protéger le bébé ?

Depuis qu'elle avait quitté son travail, elle n'avait plus aucun revenu. Tout à coup, elle repensa à la réaction de Claudia, le jour où elle était allée la voir pour lui annoncer qu'elle souhaitait arrêter de travailler. Quand elle lui avait dit que le géniteur de son enfant lui avait demandé de l'épouser et qu'il était très riche, Claudia s'était extasiée :

— Ça alors ! C'est un vrai conte de fées, Daisy ! Tu vas devenir la femme d'un milliardaire ! Tu l'as dit à Franck ?

— Je n'ai pas encore accepté de l'épouser, avait protesté

Daisy. Et je ne vois pas en quoi cela concerne Franck. Je suis sûre qu'il sera ravi de ne plus me voir squatter son appartement.

— Tu sais qu'il est amoureux de toi, n'est-ce pas ?

Elle avait regardé Claudia en fronçant les sourcils.

— C'était le meilleur ami de mon père ! Il n'est pas amoureux de moi !

— Ah ? Tu crois ?

Brusquement, elle avait repensé aux paroles de Franck : *Tu peux rester ici. Aussi longtemps que tu voudras. Toute ta vie, même.*

Daisy tressaillit dans sa robe rouge. Elle se sentait coupable de ne pas l'avoir prévenu qu'elle était partie et vivait maintenant avec le père de son enfant. Dont elle ne pouvait révéler le nom. Elle ne l'avait même pas dit à Claudia. Ses amis bohèmes avaient aussi été ceux de Patrick ; ils haïssaient les milliardaires en général, et Leonidas Niarxos en particulier, à cause de ce qu'il avait fait à leur ami.

S'ils apprenaient que Daisy était enceinte de lui, ils seraient scandalisés. Et si jamais elle l'épousait…

Elle se força à contrôler sa respiration. Ce n'était pas le moment de penser à cela. Mieux valait se concentrer sur la soirée qui l'attendait. Les amis de Leonidas la regarderaient sans doute de haut, se demandant ce que le riche play-boy pouvait bien lui trouver. Ils penseraient qu'il s'abaissait à fréquenter une vulgaire serveuse. Pire, qu'il couchait avec la fille de l'escroc qu'il avait fait arrêter.

Après avoir dégluti avec effort, Daisy se regarda une dernière fois dans le miroir puis, carrant les épaules, elle redressa le menton et sortit de sa chambre.

Leonidas l'attendait au bas de l'escalier. Le cœur battant la chamade, elle contempla la haute silhouette athlétique, la large carrure mise en valeur par le smoking noir…

— Tu es splendide, dit-il lentement quand elle arriva au bas des marches.

Il se pencha vers elle pour lui chuchoter à l'oreille :

— Tu me donnes envie de rester à la maison ce soir.

Puis il lui enveloppa les épaules de l'étole en fausse fourrure offerte avec la robe, lui prit le bras et l'entraîna bientôt vers la Rolls-Royce garée au bord du trottoir.

— Désolé…, murmura-t-il. Ce soir, la limousine est de rigueur.

Lorsqu'ils arrivèrent devant un grand hôtel de Midtown, dans le sud de Manhattan, Daisy tressaillit en voyant le tapis rouge qui conduisait à l'entrée de l'établissement – et autour duquel se bousculaient les paparazzi qui mitraillaient les célébrités arrivant les unes après les autres.

— Tu ne m'avais pas dit que tout le gratin de la société serait là !

— Ah bon ? murmura-t-il en haussant un sourcil noir. Peu importe, ce gala a pour but d'aider les enfants sans-abris.

Daisy tourna de nouveau les yeux vers les invités glamour qui se succédaient sur le tapis rouge.

— De quoi je vais avoir l'air ? s'exclama-t-elle, effarée. Tout le monde va me regarder…

— Oui, tout le monde va te regarder. Parce que tu es la plus belle de toutes les femmes présentes.

Le chauffeur ouvrant la portière de son côté, Leonidas descendit de voiture puis il se retourna et lui tendit la main.

— On y va ?

De plus en plus nerveuse, Daisy prit la main tendue. En fait, elle se cramponna littéralement au bras musclé tandis qu'ils s'avançaient sur le tapis rouge, et s'efforça de se concentrer sur Leonidas pour ignorer les cris et les flashs qui les accompagnaient.

— C'est votre petite amie, monsieur Niarxos ?

— Vous allez être papa, Leonidas ?

Il ne répondit à aucune question, se contentant de tourner les yeux vers elle et de lui sourire.

— Oh ! regardez ! C'est la fille de Cassidy ! L'escroc qui a essayé de refiler un faux Picasso à Niarxos !

Un frisson glacé parcourut Daisy. Leonidas accéléra légèrement le pas jusqu'à ce qu'ils soient en sécurité, dans le hall du palace.

— Ils étaient forcés de l'apprendre à un moment ou un autre, déclara-t-il alors avec calme. Mieux vaut que ce soit maintenant.

— Comment peux-tu dire une chose pareille ?

— Nous devions nous attendre à ce que cela s'ébruite et à ce que notre relation se voie entourée d'un parfum de scandale. Il vaut mieux que cela se produise maintenant plutôt qu'après la naissance de notre fille.

Il posa doucement la main sur le ventre de Daisy.

— Nous seuls serons affectés, pas elle.

C'était la première fois que Leonidas lui touchait le ventre. Elle sentit sa chaleur, sa force, se répandre en elle à travers l'étoffe. En outre, son geste avait quelque chose d'étrangement érotique.

— Prête ? demanda-t-il en la regardant dans les yeux.

La gorge nouée, elle hocha la tête en silence. Il lui sourit et, lui prenant la main, il s'avança vers la double-porte grande ouverte.

La salle de réception était gigantesque ! Un orchestre jouait des tubes des années quarante, des femmes somptueuses dansaient sur la vaste piste avec des hommes superbes en smoking. Les tables rondes étaient recouvertes d'une nappe blanche et ornées de magnifiques arrangements floraux mis en valeur sous la lumière ruisselant des énormes lustres en cristal.

Leonidas prit deux verres d'eau pétillante sur le plateau en argent d'un serveur, en tendit un à Daisy, puis il lui désigna l'extrémité de la salle immense.

— Les lots qui vont être mis aux enchères sont exposés là-bas. Tu veux y jeter un coup d'œil ?

— Avec plaisir.

Elle aurait accepté de faire n'importe quoi pour ne plus se trouver exposée aux regards curieux. Les invités la dévisageaient ouvertement et elle ne savait pas s'ils la trouvaient mal habillée, ou s'ils avaient appris qu'elle était la fille de Patrick Cassidy, ou simplement parce qu'ils ne comprenaient pas ce que Leonidas faisait avec elle.

Tout en se répétant qu'elle devait se détendre, elle suivit Leonidas qui s'avançait en direction des longues tables installées contre le mur du fond.

Stupéfaite, elle découvrit une guitare ayant appartenu à Johnny Cash, une édition originale d'un James Bond de Ian Fleming dédicacée par l'auteur, des boucles d'oreilles en diamants de deux carats, une petite sculpture réalisée par un artiste célèbre…

Tout à coup, elle heurta presque Leonidas qui s'était arrêté devant l'une des tables.

— Hé ! Tu as failli me faire renverser mon…

Sans prêter attention à ses paroles, il baissa les yeux sur un lot.

Daisy sentit le cœur lui manquer. Elle crut qu'elle allait s'évanouir.

— C'est… C'est ma…

— Oui, dit-il. C'est ta peinture.

Son travail de fin d'études. Un barbouillage incohérent, exposé à côté des lots extraordinaires qui allaient faire grimper les enchères en un clin d'œil.

Elle eut l'impression que son cœur s'arrêtait de battre. Le bruit des voix, la musique, les couleurs, tout sembla se mêler, tournoyer…

Atterrée, Daisy leva les yeux vers Leonidas.

— Qu'est-ce que tu as fait ?

— Je t'ai donné une deuxième chance, répondit-il tranquillement.

Mon Dieu, elle allait *vraiment* s'évanouir…

— Une chance d'être humiliée encore une fois ?

— Une chance de croire en ton rêve. Je crois en toi, Daisy.

Elle s'essuya les yeux d'une main tremblante. Elle aurait voulu prendre son tableau et s'enfuir avant que l'un des invités glamour ne le contemple avec dédain.

Trop tard. Un couple d'invités d'une cinquantaine d'années arrivait à leur hauteur.

— Qu'est-ce que c'est ? demanda la femme très mince et sur la gorge de laquelle étincelait une parure de diamants. Ce n'est pas signé.

Son compagnon parcourut rapidement la description du lot.

— Il est dit que l'artiste souhaite rester anonyme.

— Ah… Très étrange…

Elle se retourna pour héler une amie.

— Nan ! Viens et dis-moi si tu peux deviner qui est l'auteur de ce tableau !

Les joues en feu, le front moite, Daisy se sentit défaillir, mais Leonidas lui prit doucement le bras et l'entraîna un peu à l'écart.

— Il s'agit de gagner de l'argent, Daisy. De collecter des fonds destinés à venir en aide à des enfants qui en ont grand besoin.

— On ne gagnera rien du tout avec une croûte pareille, chuchota-t-elle. Personne n'offrira un cent pour cette horreur !

Pourquoi avait-il fait cela ? Pour la blesser ? Il ne l'aimait pas, d'accord, mais apparemment, il la haïssait. Sinon, il ne l'aurait pas humiliée devant ses richissimes amis.

Plus tard, quand ils s'assirent à leur table pour le dîner, Daisy put à peine avaler une bouchée des plats exquis présentés avec un raffinement extrême. Elle laissa parler Leonidas sans intervenir. Oui, elle était avec lui. Elle s'appelait Daisy et ils étaient de très bons amis. Il était fier d'annoncer qu'ils attendaient un enfant pour le mois de juin.

— Souris ! lui chuchota-t-il à la fin du repas. On va

danser et, ensuite, ce sera les enchères. C'est amusant, tu vas voir.

— Facile à dire pour toi, murmura-t-elle.

Mais quand il la prit dans ses bras et la serra contre lui avant de l'entraîner sur le parquet ciré, elle ne put s'empêcher de savourer sa merveilleuse chaleur.

— Tout ira bien, je te le promets, dit-il en souriant.

Les yeux sombres brillaient d'un éclat nouveau. Presque gaiement.

— Oui, ça ira très bien, même, répliqua-t-elle. Parce que je m'en irai avant le début des enchères.

Le sourire de Leonidas s'évanouit.

— Non. Reste, s'il te plaît.

Il plongea son regard dans le sien.

— Pour les enfants.

— *Pour les enfants*, marmonna Daisy.

Mais, soudain, elle se sentit complètement désarçonnée. Il n'avait pas l'air de la haïr. Ni de vouloir l'humilier. Il ne croyait tout de même pas que quelqu'un allait faire une offre pour sa pitoyable peinture ?

— Tout le monde est prêt ? demanda le commissaire-priseur une fois que les invités eurent rejoint leurs tables.

Un brouhaha excité lui répondit. Ils paraissaient tous prêts à dépenser des fortunes juste pour le plaisir, voire pour satisfaire un caprice.

Mais c'était pour la bonne cause, se répéta Daisy. *Pour les enfants.*

— Essaie de te détendre, murmura Leonidas en lui passant un bras autour des épaules.

— Très bien, commençons, dit le commissaire-priseur dans son micro. Pour le premier lot…

Tout se vendait à une vitesse ahurissante, constata bientôt Daisy, sidérée. Comme si les invités se livraient à un joyeux combat avec leurs amis, sans se soucier des sommes astronomiques qu'ils dépensaient.

— Enfin, pour notre dernier lot, nous avons une peinture non signée, l'artiste ayant préféré l'anonymat. Quelqu'un est intéressé ? lança-t-il en haussant les sourcils. Je propose de commencer à deux cents dollars !

Personne n'en voudrait, songea Daisy. Pas même pour dix dollars.

— Deux cents dollars ! cria quelqu'un depuis le fond de la salle.

Ça alors... Elle tourna la tête…

— Trois cents ! cria une femme assise à la table voisine.

Daisy la regarda, n'en croyant pas ses oreilles.

— Cinq cents !

— Mille ! cria un vieil homme assis quelques tables plus loin.

Les enchères continuèrent à grimper tandis qu'elle restait pétrifiée sur sa chaise, en état de choc.

Cinq mille. Dix. Vingt. Cinquante mille. *Cent mille dollars !*

Si elle n'avait pas été assise, elle se serait effondrée. En face d'elle, Leonidas suivait les enchères, imperturbable.

— Un million de dollars !

Sa belle voix grave la fit sursauter. Daisy le regarda en retenant son souffle tandis qu'il lui souriait avec chaleur.

Comme dans un rêve, elle vit les invités venir serrer la main de Leonidas et le féliciter tandis qu'elle-même tremblait d'émotion.

Je crois en toi.

Mais il n'avait pas été le seul à faire monter les enchères. D'autres personnes avaient *convoité* sa peinture. Des gens qui ne savaient pas qu'elle en était l'auteur anonyme.

S'était-elle trompée ? Avait-elle du talent ?

Leonidas se tourna vers elle, les yeux brillants.

— La toile nous sera livrée plus tard. Tu souhaites rentrer ?

Après qu'elle eut acquiescé d'un hochement de tête, il lui prit à nouveau le bras et ils s'éclipsèrent discrètement.

Dehors, il faisait nuit et il pleuvait. Dans la rue déserte, ils se dirigèrent rapidement vers la Rolls qui les attendait dans une petite allée latérale. La pluie glacée faisait frissonner Daisy, et Leonidas essaya bien de la protéger en la serrant contre lui, mais cela ne servit pas à grand-chose. Mouillés et frigorifiés, ils s'engouffrèrent en riant à l'arrière du véhicule.

— À la maison, Jenkins !

À la maison, murmura Daisy tandis que le chauffeur démarrait.

Elle tourna les yeux vers Leonidas et, durant quelques instants, ils se regardèrent en souriant, mais un courant brûlant circula bientôt entre eux.

D'un mouvement brusque, elle tourna la tête vers la vitre. La lumière des réverbères se reflétait dans les flaques d'eau et la pluie continuait de tomber dru. Elle sentait le regard de Leonidas posé sur elle, mais ne pouvait se résoudre à se retourner. Trop d'émotions se bousculaient en elle.

Le véhicule s'arrêta devant la maison de Leonidas et Daisy le suivit tandis qu'il gravissait rapidement les marches, entrait le code et ouvrait la porte. À l'intérieur, un calme bienfaisant régnait.

— Tout le monde doit être rentré se coucher, dit-il avec un petit rire. Et Sunny doit dormir, sinon elle aurait bondi pour nous accueillir.

Il appuya sur l'interrupteur et le lustre en cristal répandit sa lumière dorée dans le vaste hall.

Délicatement, Leonidas la débarrassa de son étole qu'il suspendit dans le petit vestibule servant de vestiaire. Puis il revint vers Daisy, le visage inquiet.

— Daisy, qu'ai-je fait ? Si j'ai…

— Tu as cru en moi, chuchota-t-elle. Alors que je ne croyais pas en moi-même.

— Bien sûr que je crois en toi. J'ai toujours cru en toi et ce, depuis le premier jour, au café-restaurant. J'ai compris que ta beauté n'était pas seulement extérieure. Tu es la femme la plus généreuse, la plus noble et la plus douce que j'aie jamais rencontrée…

Daisy posa les mains sur les solides épaules puis, se haussant sur la pointe des pieds, elle embrassa Leonidas avec passion.

Quelques instants auparavant, quand ils étaient entrés dans la maison, Leonidas avait tressailli en voyant Daisy se retrancher dans le silence, l'air distant. Pour la première fois, il s'était demandé s'il avait commis une erreur en proposant sa peinture à l'organisateur de la vente aux enchères.

Mais il ne supportait pas que Daisy puisse renoncer à ses rêves. Que sa toile vale un million de dollars ou une centaine, peu importait. Il s'était habitué à son propre désespoir, mais il refusait de croire qu'un être aussi chaleureux et affectueux que Daisy n'ait aucun espoir de se réaliser. Alors il avait pris la toile et était allé voir le représentant de la fondation caritative qui organisait l'événement.

Il savait que si la peinture de Daisy était le dernier lot à être mis aux enchères, quelques personnes présentes – après avoir bu du champagne toute la soirée –, penseraient qu'il s'agissait d'un chef-d'œuvre inconnu, et que d'autres, voyant monter les enchères, ne voudraient pas être laissés pour compte.

Jamais Leonidas n'oublierait l'expression de Daisy quand son tableau avait été vendu pour un million de dollars.

Lorsqu'ils avaient quitté le grand hôtel, il avait secrètement savouré son triomphe. Mais, hormis le moment où elle avait murmuré « *À la maison* », elle était restée silencieuse et avait évité son regard. Il avait alors commencé à douter.

Peut-être était-ce une mauvaise idée… Peut-être aurait-il dû lui demander sa permission…

Une fois rentrés, alors qu'il se décidait à l'interroger, puis essayait de la convaincre de sa sincérité quand il disait qu'il croyait en elle, Daisy l'avait soudain embrassé.

Aussitôt, il s'était embrasé, avait fondu.

Jusque-là, il avait tenu bon, s'accrochant à sa promesse de ne pas la toucher. Mais à quel prix… Il brûlait en permanence de l'embrasser, la séduire, la posséder.

Incapable de résister plus longtemps, Leonidas prit le visage de Daisy entre ses mains et attira la jeune femme contre lui pour dévorer sa bouche, enlaçant sa langue avec la sienne. Il renonçait à tout contrôle, s'abandonnait complètement au désir qui le consumait.

S'écartant, il la regarda, le souffle court, son cœur lui martelant les côtes.

— Viens…, chuchota-t-il.

Quand il lui effleura doucement la gorge, elle trembla contre lui.

— Viens, tu en as envie autant que moi…

Ses yeux verts étincelaient. Sans dire un mot, elle hocha la tête. Mais lorsqu'il lui prit la main pour l'entraîner vers l'escalier, elle vacilla.

Sans réfléchir, Leonidas la souleva dans ses bras et grimpa rapidement les marches. Puis, émerveillé par sa beauté, il s'avança dans le couloir incapable de détacher les yeux du beau visage de Daisy.

Cette femme l'avait ensorcelé, et peu lui importait. Il lui suffisait de plonger son regard dans le sien pour sentir son cœur se réveiller, chaud et bien vivant, au lieu de rester figé dans la glace. Avec elle, Leonidas parvenait presque à croire qu'il n'était pas le monstre que ses parents voyaient en lui. Que, peut-être, il était quelqu'un de bien.

Il traversa sa chambre plongée dans la pénombre et allongea délicatement Daisy sur le lit. Épars sur l'oreiller blanc, les longs cheveux châtains aux reflets dorés auréolaient son beau visage tandis qu'elle le regardait, les paupières mi-closes.

Leonidas ôta sa veste et son nœud papillon qu'il laissa tomber sur le tapis puis se débarrassa de ses chaussures avant de s'asseoir à côté d'elle sur le lit. Lentement, il défit les escarpins l'un après l'autre. Il se pencha, lui repoussa une petite mèche de la joue et l'embrassa tendrement. Quand elle soupira contre ses lèvres, il dut faire appel à toute sa volonté pour ne pas la prendre sur-le-champ. Or il devait faire attention, ne pas la brusquer. Elle était enceinte, aussi prendrait-il son temps…

Et ensuite, il la ferait sienne. Pour toujours.

Redressant la tête, il vit des larmes briller dans les yeux verts.

— Leo, chuchota-t-elle.

Son cœur frémit. *Leo.* Elle l'avait appelé Leo. Comme autrefois, avant qu'elle ne découvre sa véritable identité, à l'époque où elle l'aimait…

Un long tremblement le parcourut, et une émotion indicible l'envahit. Enlaçant Daisy, il la serra contre lui et l'embrassa. Les souvenirs remontaient les uns après les autres. Il revécut leur premier baiser, à Brooklyn, leur première et merveilleuse étreinte au cours de laquelle elle lui avait offert sa virginité. Puis toutes les autres nuits.

Mais ce baiser était encore plus délectable. Daisy l'avait embrassé, elle le désirait toujours, tout en sachant qui il était.

Leonidas repoussa les sombres pensées qui l'assaillaient. Pas maintenant. Plus jamais.

Il approfondit le baiser. Daisy lui répondait avec un mélange de passion et d'innocence qui le ravissait, le grisait.

Réfrénant son ardeur, il abandonna ses lèvres pour laisser glisser les siennes sur son cou, sa gorge.

— Si douce, murmura-t-il contre sa peau. Tu es si douce…

Les doigts tremblant d'impatience, elle entreprit de

lui déboutonner sa chemise puis elle lui caressa le torse. Leonidas se redressa et, sans se soucier d'ôter ses boutons de manchette, lesquels voltigèrent avant d'atterrir sur le tapis, se débarrassa de sa chemise qui rejoignit la veste.

Se tournant vers Daisy, il la fit se positionner doucement sur le flanc pour s'occuper de la fermeture Éclair de sa robe.

Le pouls lui battait aux tempes tandis que, retenant son souffle, il contemplait les seins à peine contenus maintenant dans le soutien-gorge en dentelle blanche, le ventre impressionnant, la minuscule culotte, en dentelle blanche elle aussi.

La robe échoua à son tour sur le tapis, et il adora contempler la femme superbe étendue sur son lit, offerte à son regard.

— Embrasse-moi, chuchota-t-elle.

Une plainte franchit les lèvres de Leonidas quand il obéit. Le temps parut se dilater tandis qu'il se perdait dans la divine chaleur de Daisy, s'enivrait du goût de sa bouche. Glissant les mains sous son dos, il dégrafa le soutien-gorge.

Lentement, il se redressa et admira les seins épanouis en retenant son souffle. Quand il les prit doucement dans ses mains, elle entrouvrit les lèvres et ferma les yeux. Il caressa les mamelons rose vif qui se durcirent encore sous ses doigts, puis il pencha la tête et en prit un entre ses lèvres pour le titiller avec sa langue avant de l'aspirer goulûment.

Daisy se cramponna à la couette en laissant échapper un gémissement. Abandonnant son sein, Leonidas embrassa le ventre dans lequel grandissait leur enfant.

Ensuite, après être remonté lascivement jusqu'à la bouche offerte, il l'embrassa pendant un long moment avant de se redresser au-dessus d'elle pour la regarder.

Les lumières de la ville projetaient des reflets sur les murs, les objets, sur les cheveux auréolant le beau visage de Daisy.

Tout doucement, Leonidas lui caressa la joue.

— Tu veux bien m'épouser ? murmura-t-il.

7.

Daisy tressaillit et redescendit sur terre.

Elle désirait follement Leonidas car elle brûlait sous ses caresses.

Tout à l'heure, dans la pénombre, elle avait soudain retrouvé l'homme qu'elle avait aimé. Leo. Son Leo. L'homme délicieux avec qui elle avait ri, bavardé. Le merveilleux amant à qui elle avait offert sa virginité.

Quant à tout lui donner… Capituler complètement…

— Je ne peux pas…, chuchota-t-elle.

— Tu me connais, Daisy.

Fermant les yeux, il posa la tête entre ses seins. Surprise, elle enfouit ses doigts dans les épais cheveux noirs.

— Je veux être avec toi, murmura-t-il. Jusqu'à la fin de mes jours.

La tendresse contenue dans la belle voix grave fit frissonner Daisy. Le connaissait-elle vraiment ? Il était redevenu Leo, mais seulement en partie. Si Leo avait été son égal, Leonidas Niarxos était un individu puissant, un homme d'affaires aussi redoutable que célèbre. Un milliardaire prêt à écraser le monde entier sous ses souliers cousus main. Résolu à développer son empire, coûte que coûte. Il était le play-boy le plus convoité par toutes les femmes de la planète.

Pourtant, quand il souleva la tête et la regarda, elle vit de la vulnérabilité dans ses yeux sombres.

— Épouse-moi, chuchota-t-il. Et je te donnerai tout ce que je possède.

— Tu m'as déjà trop donné. Cet argent versé sur mon compte…

— Je ne parle pas d'argent.

Le cœur de Daisy se mit à battre la chamade. Parlait-il… d'amour ?

Une grande main chaude se referma sur son sein avant de caresser le mamelon durci puis Leonidas pencha la tête pour l'aspirer entre ses lèvres. La langue experte le lécha, arrachant un halètement à Daisy.

Lentement, il fit glisser la culotte minuscule sur ses cuisses, ses mollets… Puis, lui écartant les jambes, il s'agenouilla entre ses cuisses tandis qu'elle fermait les yeux et frissonnait de volupté. La langue de son amant la goûtait, la fouillait… Le désir explosa en elle, se déploya dans tous ses sens. Le plaisir la souleva, de plus en plus haut… Et soudain, Daisy s'envola dans la jouissance en poussant un cri.

Sans plus attendre, Leonidas se redressa et la pénétra d'un coup de reins vigoureux en laissant échapper une longue plainte.

Puis il s'immobilisa au-dessus d'elle, en appui sur les mains, pour la laisser s'habituer à la présence du membre puissant en elle. Le plaisir rejaillit, plus intense encore, plus puissant. Son amant se retira avant de revenir en elle avec une lenteur presque insupportable.

Puis il se déroba de nouveau, mais cette fois il se laissa tomber sur le lit à côté d'elle et la souleva dans ses bras pour l'installer sur lui.

— Prends-moi, dit-il d'une voix rauque. Je suis à toi.

Daisy tressaillit. Il ne lui avait encore jamais proposé de diriger les opérations. Baissant les yeux sur l'impressionnante érection, elle hésita, puis, s'appuyant des mains sur le torse musclé, elle souleva les hanches, et se laissa glisser lentement sur le membre puissant. Le plaisir fut d'une intensité extraordinaire. Quasi insoutenable.

Mais lorsqu'elle regarda le visage de son amant, Daisy y découvrit une telle expression… d'adoration qu'elle sentit une audace inconnue la gagner.

Le regard soudé au sien, elle commença à le chevaucher. Quand elle accéléra la cadence, il laissa échapper un gémissement puis la prit par les hanches.

— Ralentis, Daisy, je t'en supplie… Je ne peux pas…

Au lieu d'obéir, elle rejeta la tête en arrière et, s'accrochant aux solides épaules, redoubla d'ardeur.

La vague la submergea d'un coup, lui arrachant un cri qui résonna en elle et autour d'elle. Au même instant, Leonidas la suivit dans la jouissance en poussant une plainte rauque.

Épuisée, Daisy s'affaissa sur lui tandis qu'il lui caressait tendrement le dos en murmurant quelque chose en grec.

— Daisy, ma douce…, ajouta-t-il en anglais.

Ma douce. Il l'appelait ainsi autrefois.

Mon Dieu, comment avait-elle pu se croire immunisée contre l'amour ? Comment avait-elle pu s'imaginer qu'elle saurait protéger son cœur ?

Elle rouvrit les yeux dans la semi-obscurité. Elle aimait Leo. Elle n'avait jamais cessé de l'aimer, même quand elle se persuadait qu'elle le haïssait pour pouvoir supporter la souffrance.

— Oui, chuchota-t-elle.

Il se raidit contre elle.

— Oui ?

Une larme roula sur sa joue. Éprouvait-elle de la tristesse ? De la joie ? Elle caressa les cheveux épais de son amant en essayant de se persuader que c'était de la joie.

— J'accepte de t'épouser, Leo.

Ils se marièrent quatre jours plus tard, chez Leonidas, dans la salle de réception.

Après avoir été pris en photo par les paparazzi le soir

du gala de charité, la nouvelle que Leonidas Niarxos était l'amant de la fille de Patrick Cassidy, l'homme qu'il avait fait poursuivre en justice, – et qu'en plus elle portait son enfant –, avait fait la une de la presse à scandale et le buzz sur les réseaux sociaux. Les paparazzi s'étaient postés dans l'allée, aux aguets. Daisy s'était sentie traquée, et elle n'osait plus mettre le nez dehors.

Et tout à coup, un miracle avait eu lieu.

La veille du mariage, un scandale avait éclaté à propos d'une star de Hollywood qui menait une double vie. L'acteur partageait son temps avec sa maîtresse de longue date et leurs deux enfants, et son épouse, célèbre actrice elle aussi, et leurs quatre enfants. Aussitôt, les paparazzi étaient partis à l'assaut de la vedette hollywoodienne et de ses deux femmes.

Daisy avait alors pu se consacrer tranquillement aux derniers préparatifs de la cérémonie. Mais au moment de signer le contrat de mariage chez le notaire, elle avait protesté.

— Je ne veux pas de cet argent ! s'était-elle exclamée, choquée. Tu m'as déjà donné un million de dollars, cela me suffit largement !

— Cet argent ne représente rien pour moi, avait répliqué Leonidas. Ce qui m'importe, c'est que toi et le bébé vous vous sentiez en sécurité.

Elle avait eu beau insister, il n'avait pas cédé.

— Cela ne me pose *aucun* problème, avait-il murmuré en la prenant dans ses bras. De toute façon, je ne peux pas imaginer que nous divorcions. Tu me rends si heureux, Daisy…

Le lendemain matin, elle avait été ravie de voir le soleil printanier briller dans un ciel sans nuages. Et presque aucun paparazzo dans l'allée.

Elle avait invité une dizaine d'amis, mais n'avait pas eu

le courage d'appeler Franck en Californie pour lui annoncer qu'elle se mariait. Elle lui dirait après leur lune de miel.

Et quand elle sentait poindre la culpabilité à la perspective d'épouser le responsable de la mort de son père, elle était maintenant capable de se raisonner.

Leonidas n'avait pas tué son père. Il l'avait fait condamner pour avoir tenté de lui vendre un faux Picasso.

Si seulement elle avait pu se convaincre que son père avait *sciemment* essayé de le vendre à Leonidas, elle n'aurait plus aucune raison de lui en vouloir.

Mais Patrick ayant juré qu'il était innocent, comment aurait-elle pu douter de la parole d'un défunt ? Alors elle ne pouvait s'empêcher de culpabiliser…

Le moment venu, portant un diadème de diamants et la bague offerte par Leonidas, Daisy descendit au rez-de-chaussée en serrant son bouquet de lys contre sa robe toute simple en soie blanche, et s'arrêta dans le hall désert avant d'entrer dans la salle de réception.

Après une profonde inspiration, elle ouvrit la double-porte.

Les musiciens entonnèrent la marche nuptiale tandis que tous les invités se tournaient vers elle. Les genoux tremblants, elle s'avança dans l'allée aménagée entre les rangées de chaises, et aperçut Sunny, assise sagement aux pieds de Mme Berry, au premier rang. La chienne se mit à remuer la queue en la voyant.

D'un côté de l'allée se trouvaient ses amis, tous artistes ou artisans, en tenues originales et colorées. De l'autre, les magnats de Wall Street, les célébrités venues de Park Avenue ainsi que des membres de la jet-set internationale, tous en tenues somptueuses et glamour.

Daisy s'immobilisa un bref instant. Qu'ils soient d'un bord ou de l'autre, tous ces gens la voyaient-ils comme une aventurière cupide qui épousait le meurtrier de son père ?

Non. Elle se faisait des idées. Personne ne pensait cela.

Mais, tout en avançant dans l'allée, elle se sentit néanmoins affreusement seule. Jusqu'à ce qu'elle croise le regard de Leonidas, debout à l'extrémité de l'allée, à côté de l'officiant. Elle repensa à la semaine qui venait de s'écouler. À la sensualité partagée. Les rires. La confiance.

Ils allaient former une famille.

S'agrippant à son bouquet, elle continua d'avancer.

— Chers amis, commença l'officiant d'une voix solennelle. Nous sommes rassemblés aujourd'hui…

Daisy entendit du remue-ménage à l'entrée et des vociférations. Elle se retourna et, suffoquée, aperçut Franck Bain en train d'essayer d'écarter deux agents de sécurité qui l'empêchaient d'entrer.

Que faisait-il ici ? Le jour de son mariage ? Comment l'avait-il su ?

— Tu ne peux pas l'épouser ! lui cria-t-il en se débattant comme un diable. Ne fais pas ça, Daisy ! Je vais m'occuper de toi !

Leonidas fit signe aux deux autres agents qui se tenaient à proximité d'aller prêter main-forte à leurs collègues.

— Ne l'épouse pas ! s'écria Franck. C'est un menteur, un salaud ! Il a tué ton père, un innocent !

L'instant d'après, il était évacué par les agents de sécurité et la double-porte se referma bruyamment sur eux.

Un silence terrible s'ensuivit jusqu'à ce que l'officiant s'éclaircisse la voix et demanda s'il devait continuer.

Daisy se sentait glacée. Coupable. Jugée par tous les invités. L'espace d'un instant, elle songea à s'enfuir loin de tous ces gens. Elle baissa les yeux sur le diamant étincelant à son doigt, puis sur son ventre.

S'enfuir aurait été lâche. Quel que soit le jugement porté sur elle, sa décision était prise et elle ne changerait pas d'avis. Elle était liée à Leonidas, pas seulement à cause de leur enfant, mais parce qu'elle avait accepté, librement, de l'épouser quatre jours plus tôt.

Elle soutint le regard ardent de Leonidas et essaya de lui sourire, puis elle hocha la tête à l'adresse de l'officiant.

Dix minutes plus tard, ils signaient le certificat de mariage.

Ils étaient mari et femme.

Leonidas l'embrassa, poliment, du bout des lèvres. Lorsque les invités défilèrent devant eux pour les féliciter, les amis de Daisy paraissaient mal à l'aise.

Durant la réception, qui se tenait dans l'autre partie de la salle, on servit le meilleur champagne, du Ruinart, naturellement. L'équipe de relations publiques de Liontari filma les invités glamour et fortunés, et les autres, plus exotiques et bohèmes.

Mais les paroles de Franck continuaient de résonner dans la tête de Daisy. *Ne l'épouse pas ! C'est un menteur, un salaud ! Il a tué ton père, un innocent !*

La réception lui parut interminable d'autant que Leonidas resta distant avec elle, même quand il se tenait à ses côtés. À force de sourire, Daisy avait mal aux joues.

Lorsque le dernier invité partit enfin et que Mme Berry s'éclipsa à son tour, Sunny sur ses talons, il ne resta plus qu'elle et son mari, et l'équipe de relations publiques.

— Vous pouvez y aller, leur dit Leonidas.

Daisy retint un soupir de soulagement en les voyant disparaître l'un après l'autre. Puis Leonidas se tourna vers elle.

— Madame Niarxos…

Quand il se rapprocha d'elle et la prit dans ses bras, Daisy le regarda, le cœur battant la chamade.

— Savais-tu que Bain allait venir ?

— Je suis désolée, murmura-t-elle en secouant la tête. Je ne sais pas comment il a appris que je me mariais aujourd'hui avec toi. Je ne lui ai rien dit.

— Ne t'inquiète pas. Je ne peux pas lui en vouloir de te désirer.

— C'est vrai ? Tu ne lui en veux pas ?

— Pas le moins du monde, ma douce.

Lentement, il pencha la tête pour l'embrasser tendrement avant de se redresser en souriant.

— Notre avion nous attend.

— Pardon ?

— Je t'emmène en Grèce. Sur mon île natale.

Elle le dévisagea en silence, stupéfaite. Il n'avait jamais parlé de lune de miel…

Il sourit avec malice.

— Mme Berry a déjà préparé tes bagages.

— Et Sunny ?

— Elle a promis de s'en occuper aussi bien que de ses deux toutous.

L'avion décolla un quart d'heure plus tard. C'était étrange de partir sans Sunny, mais les jours précédents avaient été si épuisants qu'une fois installée dans le luxueux jet privé, Daisy s'endormit dans les bras de son mari et ne se réveilla qu'une heure avant l'atterrissage sur la petite île grecque.

Elle descendit du jet et s'arrêta au pied de l'escalier pour regarder autour d'elle en battant des cils, éblouie par le soleil éclatant.

Heureusement qu'elle avait pris une douche et s'était changée à bord, choisissant une robe sans manches en lin couleur ivoire et des sandales plates en cuir souple. Quant à Leonidas, il portait maintenant une chemise blanche et un superbe jean noir de créateur.

Tournant les yeux, Daisy aperçut un ravissant cabriolet vintage garé en bordure de la piste et dont la carrosserie blanche étincelait au soleil. Sans chauffeur, cette fois.

Elle suivit Leonidas qui se dirigeait vers le véhicule avec leurs valises.

— Monte, dit-il en souriant.

Après avoir mis les bagages dans le coffre, il s'installa au volant et la voiture quitta le petit aéroport avant d'emprunter une route qui longeait la côte.

Les cheveux voltigeant au vent, Daisy aperçut un adorable village de maisons blanches regroupées autour d'une église surmontée d'une coupole bleue et, en contrebas, une plage de sable blanc.

Leonidas quitta bientôt la route pour s'engager dans une allée et s'arrêta devant une grille. Tendant un bras, il composa un code. La grille s'étant ouverte, il redémarra.

Médusée, Daisy vit alors une magnifique villa blanche se dresser au bout de l'allée, surplombant la mer Égée.

— C'est ici que tu as grandi ? demanda-t-elle en tournant la tête vers Leonidas. Tu as drôlement de la chance !

— La maison est très belle, répondit-il avec un sourire crispé.

Après avoir garé le cabriolet dans un immense garage indépendant, il coupa le contact, ouvrit sa portière et alla sortir les bagages du coffre, puis invita Daisy à entrer dans la villa.

Là, ils furent accueillis par une petite femme toute ronde et aux cheveux blancs rassemblés en chignon sur le dessus de la tête, qui, laissant à peine le temps à Leonidas de poser les valises, le serra dans ses bras en déversant sur lui un flot de paroles, en grec, si bien que Daisy ne comprit pas un mot.

— Je te présente Maria, ma vieille gouvernante, dit-il quand il put se dégager. Elle s'occupe de la maison.

Daisy tendit la main à la gouvernante en souriant.

— Bonjour, Maria.

Mais au lieu de lui serrer la main, la petite femme baissa les yeux sur son ventre puis regarda Leonidas, l'air confus. Il sourit et lui dit quelque chose, tandis que la petite femme aux cheveux blancs dévisageait maintenant Daisy en écarquillant les yeux. Soudain, elle poussa une exclamation ravie et, ignorant la main tendue, prit à son tour Daisy dans ses bras.

— Maria est très heureuse de faire la connaissance de ma femme, traduisit Leonidas en riant doucement. D'après elle, il était grand temps que je me marie !

— C'est elle qui t'a élevé ?

Son visage se rembrunit.

— Je ne sais pas si j'aurais survécu sans elle.

— Tes parents n'étaient pas là ?

— Si, plus ou moins…

Il se tourna vers Maria et lui dit quelques mots. La gouvernante s'éclipsa, avant de revenir avec deux hommes qui saluèrent Leonidas puis s'inclinèrent légèrement devant Daisy avant de prendre les valises et de disparaître.

— Tu dois avoir faim, non ? demanda-t-il alors en se tournant vers Daisy.

— Je meurs de faim, même !

— Nous allons déjeuner sur la terrasse. C'est l'endroit le plus agréable de la maison.

S'avançant devant elle, il traversa une enfilade de pièces spacieuses et élégamment meublées, mais desquelles se dégageait une atmosphère surannée, presque désolée. Un peu comme celle d'un vieux musée peu fréquenté.

— Cela fait combien de temps que tu n'étais pas venu ici ?

Leonidas s'arrêta au milieu de la salle de musique où trônait un piano à queue laqué noir, et dont la porte-fenêtre offrait une vue superbe sur la mer.

— Quelques années. Cinq, peut-être…

— Cinq ans que tu n'étais pas revenu chez toi ? répéta-t-elle, stupéfaite.

— Je suis né ici, mais je n'ai jamais dit que c'était chez moi, répliqua-t-il, le regard perdu au loin. Je ne garde pas beaucoup de souvenirs heureux de mon enfance et je te rappelle que je suis parti en pension à neuf ans. Je n'ai quasiment jamais remis les pieds dans cette maison depuis la mort de mes parents.

— Oh ! excuse-moi… Quel âge avais-tu ?

— Quatorze ans, répondit-il d'un ton neutre.

— Pourquoi as-tu choisi cet endroit pour notre lune de miel ? demanda doucement Daisy.

— Parce que…

Il demeura silencieux un instant.

— Parce que le moment était venu d'y revenir. Et puis… toutes les jeunes mariées rêvent de passer leur lune de miel sur une île grecque, non ?

Un sourire ponctua ses paroles, mais il n'y avait ni gaieté ni joie dans les beaux yeux sombres.

— Je suis ravie d'être ici, en tout cas, dit-elle en glissant sa main dans la sienne. Et je suis désolée pour tes parents. J'avais à peine sept ans lorsque ma mère est morte d'un cancer. Et ensuite, mon…

Mon Dieu, elle se serait giflée.

— Suis-moi, dit-il d'un ton neutre en lui lâchant la main.

Le souvenir de son père se dresserait-il toujours entre eux ? se demanda Daisy avec un frisson.

Mais quand elle posa le pied sur la large terrasse dominant les flots, bordée d'une balustrade blanche qui semblait flotter entre ciel et mer, elle tomba aussitôt sous le charme de ce lieu paradisiaque. Se retournant, elle contempla les bougainvillées rose foncé tranchant avec le mur blanc et le bleu du ciel et de la mer.

— C'est beau, chuchota-t-elle, fascinée.

Leonidas la prit dans ses bras et l'embrassa tendrement. Le soleil caressait ses épaules nues, la brise tiède lui soulevait les cheveux, et le parfum des fleurs se mêlait aux embruns venus de la mer. La chaleur et la force de son mari se diffusaient en elle, l'enivraient.

Il la désirait. L'adorait.

Pourrait-il l'aimer un jour ?

Après avoir découvert sa véritable identité, Daisy avait cru ne plus pouvoir l'aimer. Or elle s'était trompée. Alors pourquoi ne pas croire en l'impossible ?

La voix de Maria les fit tressaillir. Ils s'écartèrent aussitôt l'un de l'autre pour voir la gouvernante qui les regardait en souriant, un grand plateau dans les mains.

Leonidas s'avança vers elle pour lui prendre le plateau qu'il déposa sur la table.

Ensuite, ils passèrent une heure délicieuse en tête à tête, dégustant le poisson accompagné d'une salade de tomates, de pitas faites maison et d'olives, ainsi que d'un assortiment de fromages locaux. Après avoir mangé de tout avec appétit, Daisy s'appuya au dossier de son fauteuil et contempla la mer.

Puis elle regarda son mari qui avait lui aussi les yeux tournés vers les eaux bleues. Il avait l'air détendu et paraissait plus jeune… Différent.

— Tu as du papier blanc et un crayon ? demanda-t-elle tout à coup.

Il se tourna vers elle en haussant les sourcils.

— Pourquoi ?

— Je voudrais faire ton portrait.

— Maintenant ?

— Oui. Cela t'ennuie ?

Sans dire un mot, il retourna dans la villa et revint quelques instants plus tard avec un bloc de papier et un crayon ordinaire.

— C'est ce que j'ai trouvé de mieux, dit-il avec un sourire d'excuse.

— Merci, c'est parfait, répliqua-t-elle en lui prenant le tout des mains.

Elle regarda Leonidas se rasseoir.

— Ne bouge plus.

Après avoir hoché la tête en soupirant, il resta immobile et Daisy se concentra sur la feuille de papier, l'ombre et la lumière, les formes. Leonidas ne bougeait pas, perdu dans ses pensées.

— Tu as grandi ici, alors ? demanda-t-elle pour le distraire.

— Oui.

— Alors tu dois quand même avoir un ou deux bons souvenirs, non ?

— J'ai de bons souvenirs de Maria, et des heures passées sur cette terrasse. Quand j'étais petit, j'aimais regarder la mer et je rêvais de nager loin, très loin, jusqu'en Amérique.

Il se détendit et son visage s'anima.

— Et puis, il y a le village, la nourriture, les gens. Je pouvais me promener sur l'île en toute liberté, disparaître pendant des heures.

— Pendant des heures ? répéta-t-elle sans lever les yeux. Tes parents ne s'inquiétaient pas ?

— Au contraire. Ils étaient heureux que je ne sois pas là.

— Tu exagères… Je suis sûre que ce n'est pas vrai.

Quand elle eut terminé son croquis, elle lui tendit le bloc.

— Voilà.

Leonidas prit le bloc et contempla son portrait en silence tandis que Daisy souriait, fière du résultat. Il paraissait plus jeune et plus heureux, sur le papier.

— C'est ainsi que tu me vois ? demanda-t-il lentement.

— Oui.

Le silence s'installa entre eux, de plus en plus lourd. Puis Leonidas posa le bloc sur la table et le poussa vers Daisy.

— Tu n'as rien compris, dit-il brutalement. Il est temps que tu saches qui je suis vraiment.

8.

Leonidas regarda Daisy, assise en face de lui.

Sa femme. Avec ses grands yeux verts frangés de longs cils foncés, ses lèvres pulpeuses. Les longs cheveux châtains aux reflets dorés caressaient ses épaules nues. Derrière elle, le rose vif des bougainvillées contrastait avec le blanc du mur qui se détachait sur le ciel bleu.

Il s'était convaincu qu'il devait tout lui dire maintenant qu'ils étaient mariés et qu'elle portait son enfant.

Soudain, il se rappela la rage ressentie lorsque Franck Bain avait fait irruption chez lui la veille et tenté de lui prendre Daisy.

Ne l'épouse pas ! C'est un menteur, un salaud ! Il a tué ton père, un innocent !

Si ses agents de sécurité ne l'avaient pas évacué, Leonidas l'aurait fait lui-même. Et peu après l'incident, l'artiste avait été prié poliment de quitter New York. Poliment et fermement. Il avait obtempéré et était parti à Los Angeles, et avec un peu de chance, ils ne le reverraient jamais.

Mais Bain avait eu raison sur un point. Leonidas était un menteur. Pas en ce qui concernait le père de Daisy parce que Cassidy était bel et bien un escroc.

Il avait menti sur lui-même. Il avait menti toute sa vie, à tout le monde. Or il en avait assez de faire semblant et voulait qu'au moins une personne sache qui il était vraiment.

Daisy était l'être le plus généreux, le plus digne de confiance qu'il connaissait, mais la perspective de lui dire la vérité le terrifiait. Aussi s'était-il promis durant le vol qu'il lui parlerait à la fin de leur lune de miel après qu'ils auraient fait l'amour toute la semaine, profité du soleil, de la mer.

Seules les apparences comptaient. Combien de fois ses parents le lui avaient-ils rappelé, verbalement et par leur exemple ? À vingt et un ans, Leonidas s'était lancé dans les affaires, déterminé à faire mieux que Giannis et Eleni Niarxos. Il avait créé puis développé son empire dans l'univers glacé et sophistiqué du luxe.

Mais il y avait eu cette voix en lui qui lui répétait inlassablement qu'il était davantage qu'un nom synonyme de milliards, de pouvoir et de réussite. Il n'était pas le monstre que ses parents voyaient en lui. Il pouvait vibrer, être vivant, chaleureux. Comme Daisy.

— Comment ça ? demanda-t-elle de sa voix mélodieuse. Je ne sais pas qui tu es ?

C'était le portrait qui l'avait fait réagir. L'homme qu'elle avait dessiné paraissait fort et doux à la fois, l'humour pétillait dans son regard. Ce dessin ne reflétait en rien sa personnalité. Leonidas n'avait jamais été ainsi, pas même enfant.

Mais peut-être pourrait-il le devenir si…

— Leo ?

— Je n'aurais jamais dû naître. Mon existence même est un mensonge, dit-il avec un sourire amer. En fait, on pourrait dire que je suis un faux.

— De quoi parles-tu ?

— Tu me prends pour Leonidas Gianakos Niarxos, le fils de Giannis Niarxos.

— Et ce n'est pas vrai ? demanda Daisy, l'air abasourdi.

Il se leva et se mit à arpenter la terrasse. Elle devait le

prendre pour un fou. À juste titre. Garder enfoui cet horrible secret pendant aussi longtemps l'avait bel et bien rendu fou.

S'arrêtant devant la balustrade, il y posa ses mains et regarda la mer scintiller paisiblement au soleil.

— Mes parents se sont mariés très jeunes et par amour. C'était inhabituel dans leur milieu, à l'époque. Mon père était l'héritier de l'entreprise Niarxos, spécialisée dans la maroquinerie de luxe. Ma mère venait d'une famille de riches armateurs. Quand elle a épousé mon père, ses parents lui ont offert un Picasso.

— *L'Amour aux oiseaux*, murmura Daisy.

— Oui, répondit-il en se tournant vers elle. D'après ce que je sais, mes parents étaient follement épris l'un de l'autre, mais les années passaient et ils ne réussissaient pas à avoir d'enfant. Et quand il s'est avéré que l'infertilité était du côté de mon père, ma mère a commencé à se plaindre de lui, notamment auprès de leurs amis. L'amour s'est peu à peu transformé en détestation, les rires et le bonheur en perpétuelles récriminations.

Il s'interrompit un instant avant d'ajouter :

— Je ne l'ai su que des années plus tard.

— Et un jour, tu es né..., chuchota Daisy, le visage blême.

— Exactement, dit-il avec un sourire sardonique. Neuf mois après le début de la désescalade, un fils venait au monde et leur mariage était sauvé. Et fichu...

Après avoir posé le bloc sur la table, elle se leva et s'avança vers lui.

— Que s'est-il réellement passé ? demanda-t-elle avec calme.

Son cœur battait si fort que Leonidas avait l'impression qu'il allait éclater.

— Je suis le seul à être encore en vie, le seul à connaître la vérité. Mais à l'époque, quand j'étais enfant, j'ignorais tout, évidemment. Quoi que je fasse ou dise, j'irritais toujours mon père qui me traitait tout le temps d'imbécile, de bon

à rien. Quant à ma mère, elle se contentait de m'éviter. Ce n'est qu'à quatorze ans, juste après les obsèques de mon père, que j'ai appris la vérité.

Immobile dans son fauteuil, Daisy l'écoutait en silence.

— J'étais toujours bien habillé, je bénéficiais d'une excellente éducation, mais uniquement pour sauver les apparences. C'était tout ce qui comptait pour eux. Personne ne devait critiquer leur façon d'élever leur fils unique. Alors qu'en réalité… Sans Maria, je ne sais pas si j'aurais pu supporter leur cruauté.

Doucement, elle posa une main sur la sienne.

— Leo…

Il se dégagea.

— Je voyais bien que quelque chose clochait en moi. J'avais beau faire des efforts, ils n'étaient jamais contents. Je devais porter une tare terrible pour que mon père et ma mère me méprisent autant. Aux yeux de leurs amis et connaissances, ils s'aimaient toujours passionnément, alors qu'en réalité ils s'ignoraient quand ils étaient à la maison. Ou alors ils se jetaient de la vaisselle à la figure, et des injures. Plus tard, durant les vacances scolaires, je les entendais parfois se disputer le soir. Ils menaçaient tour à tour de divorcer, mais aucun ne voulait renoncer au Picasso. C'était toujours le point névralgique. La garde du Picasso. Pas de leur fils.

Daisy le regarda en écarquillant les yeux, horrifiée.

— Quand j'ai demandé si je pouvais rester toute l'année au pensionnat, ils ont accepté, décidant de dire à tout le monde qu'ils avaient cédé pour me faire plaisir.

— Comment pouvaient-ils vivre ainsi ? Mener une double vie ?

— Mon père s'est mis à boire et l'alcool l'a tué à petit feu. Quand je suis revenu pour assister à ses obsèques, ma mère m'a pris dans ses bras en pleurant. J'avais quatorze ans, et j'étais encore assez jeune pour désirer son affection. Je me suis dit qu'elle avait besoin de moi. Qu'elle… m'aimait enfin. Mais après la cérémonie et le départ des amis, tous de la haute société, elle a cessé de faire semblant. Elle n'était plus du tout triste, subitement. Elle m'a dit froidement qu'elle me confiait à un tuteur jusqu'à ce que j'hérite des biens de mon père. Elle, elle partait en Turquie avec son amant. Elle a terminé en disant qu'il n'y avait aucune raison pour que nous nous revoyions un jour.

— Quoi ? Elle a dit ça ? Le jour des obsèques de ton père ?

Il laissa échapper un rire nerveux.

— Je lui ai demandé pourquoi elle me haïssait depuis toujours. Et elle m'a répondu. Elle m'a enfin dit pourquoi elle me voyait comme un monstre.

Quand il se tut, Leonidas entendit le doux murmure de la mer, le bruissement des feuilles des arbres sous la caresse de la brise.

— Mon père ne supportait pas qu'elle ait dit à leurs amis qu'ils ne pouvait pas avoir d'enfant à cause de lui, qu'il n'était pas un vrai homme. Il voulait la faire taire et redonner l'image du couple parfait et amoureux.

Maintenant qu'il avait commencé, il devait aller jusqu'au bout.

— Il avait un frère jumeau, Dimitri. Mon grand-père lui avait coupé les vivres à cause de scandales divers, si bien qu'il ne pouvait plus s'acheter de drogue. Jusqu'au jour où mon père est allé voir son frère pour lui faire une proposition : Dimitri devait coucher avec ma mère dans l'obscurité et lui faire un enfant sans qu'elle se rende compte que le géniteur n'était pas mon père. Mon oncle a accepté, et il a réussi.

— Qu'est-ce que tu dis ? murmura Daisy.

— C'est mon oncle, Dimitri, mon vrai père. Je ne l'ai pas connu car il est mort d'une overdose avant ma naissance. Giannis aurait sans doute pu oublier qu'il n'était pas mon géniteur, mais il n'a pas réussi à oublier que son frère avait couché avec sa femme. Et il ne pouvait pardonner à celle-ci de ne pas s'être aperçue de la supercherie... Peu après ma naissance, alors qu'elle lui reprochait d'ignorer leur bébé, il a explosé et l'a traitée de putain.

— Oh ! Leo..., chuchota Daisy, les yeux emplis de larmes.

— Elle l'a forcé à s'expliquer. Et après ça, elle n'a jamais pu lui pardonner ce qu'il lui avait fait, et on peut la comprendre... Chaque fois qu'elle regardait son fils – autrement dit, moi –, elle se sentait souillée et trahie.

— Mais tu n'y étais pour rien ! Ce n'était pas ta faute !

— Si, dans un sens.

— Non, Leo.

— Il n'y a que les apparences qui comptent, répliqua-t-il d'un ton neutre. Giannis n'était pas mon vrai père, et mes parents n'avaient que du mépris l'un pour l'autre. Mais aux yeux du monde extérieur, ils formaient le couple idéal, ils feignaient d'être heureux et d'être mes parents.

Leonidas tressaillit en voyant les larmes jaillir des beaux yeux verts.

— Quand ma mère m'a dit, après m'avoir serré dans ses bras en pleurant un peu plus tôt, qu'il n'y avait aucune raison pour que nous nous revoyions, quelque chose s'est brisé en moi. Et...

— Et ?

— J'ai vu son Picasso sur la table, prêt à être enveloppé et mis dans une caisse. Quelque chose a éclaté dans ma tête.

Leonidas détourna les yeux.

— J'ai pris les ciseaux posés à côté du rouleau de papier bulle et, ensuite, j'ai entendu ma mère hurler. Quand j'ai émergé du brouillard, j'avais lacéré tout un côté de *L'Amour aux oiseaux*, déchirant en deux le cœur gris. Ma mère m'a arraché les ciseaux des mains et m'a dit que j'étais un monstre, qu'elle regrettait de m'avoir mis au monde.

Il regarda Daisy.

— Ce sont les dernières paroles qu'elle m'a adressées. Quelques semaines plus tard, elle est morte dans le tremblement de terre qui a eu lieu en Turquie. On a retrouvé son corps, mais pas le Picasso.

— Je comprends pourquoi tu as su qu'il s'agissait d'un faux, chuchota Daisy. Et pourquoi tu tiens tant à le retrouver. Et aussi pourquoi tu étais si furieux…

— Quand je suis devenu un homme, j'ai pensé que si je réussissais à retrouver ce tableau, je comprendrais peut-être.

— Que tu comprendrais quoi ?

— Pourquoi ils l'aimaient, et pas… moi.

Leonidas ferma les yeux. Il ne pourrait supporter de voir Daisy le regarder avec mépris. Ou, pire encore, avec pitié.

— Leo…, murmura-t-elle.

Il rouvrit les yeux et se força à soutenir son regard brillant de larmes.

— Je n'arrive même pas à imaginer ce que tu as pu endurer enfant. Mais c'est fini, tout ça. Tu as une vraie famille, maintenant. Un bébé qui aura besoin de toi. Et une femme qui…

Doucement, elle lui caressa la joue.

— Une femme qui t'aime.

Leonidas la regarda en retenant son souffle. Elle *l'aimait* ? Après tout ce qu'il venait de lui raconter ?

— Qu'est-ce que tu as dit ?

— Je t'aime, Leo.

Son cœur se serra douloureusement.

— Après tout ce que je t'ai dit ?

Un sourire chaleureux illumina son beau visage.

— Je t'ai toujours aimé, dès le premier instant où je t'ai vu. Même quand j'ai voulu ne plus t'aimer. Même quand j'étais folle furieuse contre toi… Je t'aime. Tu es merveilleux. Parfait.

Un bonheur inconnu envahit Leonidas qui attira Daisy dans ses bras et l'embrassa avec passion. Longtemps. Puis il lui prit la main et traversa la villa jusqu'à la vaste chambre aux fenêtres ouvertes sur la mer.

Il lui fit l'amour longuement, tendrement. Il l'embrassa partout, la fit haleter, crier de plaisir. Encore et encore.

Beaucoup plus tard, ils descendirent dîner sur la terrasse puis remontèrent se changer et, en maillot de bain, allèrent se baigner en s'éclaboussant gaiement comme des enfants. Ensuite, ils marchèrent au bord de l'eau main dans la main en regardant le soleil couchant embraser l'horizon.

Jamais Leonidas ne s'était senti aussi heureux. Aussi complet. Jamais il n'avait trouvé Daisy aussi belle, aussi resplendissante. Avec ses cheveux mouillés repoussés en arrière, son maillot blanc épousant ses seins et son ventre épanouis, elle ressemblait à une déesse de la fertilité.

Cette nuit-là, Leonidas crut mourir de plaisir et de joie quand il fit l'amour à sa femme.

Pour la première fois de sa vie, il se sentait désiré, aimé et chéri. Un lien unique existait entre lui et Daisy. Leurs âmes étaient reliées intimement, comme leurs corps.

Elle l'aimait. Il ne serait plus jamais seul. Il pouvait enfin baisser sa garde.

Et si un jour elle cessait de l'aimer ?

Un frisson glacé le traversa. Si ce jour venait, il n'y survivrait pas.

Leonidas ferma les yeux et pressa les paupières en serrant Daisy contre lui. Il ne sombrerait pas dans le désespoir qui avait assombri toutes ces années jusqu'à ce qu'il rencontre cette femme merveilleuse. Il allait être père, avoir une petite fille.

Doucement, il lui murmura des mots doux en grec, et

il la berça tendrement jusqu'à ce qu'elle s'endorme dans ses bras.

Leur lune de miel fut idyllique, et quand ils rentrèrent à New York, Leonidas se promit que Daisy ne regretterait jamais de l'avoir épousé. Il avait le cœur trop abîmé pour l'aimer comme elle le méritait, mais il ferait tout pour la rendre heureuse.

Durant les trois premiers mois de leur mariage, il eut l'impression qu'ils vivaient tous les deux dans une bulle de bonheur. Leonidas apprenait à déléguer, ce qui lui permettait de rester avec Daisy et de préparer la chambre de leur fille avec elle. Le soir, ils dînaient tranquillement à la maison ou sortaient. Ils prirent même des cours de cuisine ensemble, mais sans grand succès du côté de Leonidas. Ils suivirent également des cours prénataux en ligne.

De toute évidence, les membres du conseil d'administration pensaient que le mariage lui tournait la tête, mais on lui pardonnait ses retards et ses absences. On mettait cela sur le compte de l'énorme scandale provoqué par son mariage avec la fille de l'homme qu'il avait fait arrêter, juger et condamner – parce que, suite à cette tempête médiatique, la notoriété de Liontari avait fait un bond de trente pour cent. Leonidas et Daisy avaient même reçu quatre appels de producteurs hollywoodiens leur proposant des scénarios basés sur leur *vraie histoire*, ce qui avait horrifié la jeune femme.

De son côté, Leonidas préférait de loin *vivre* leur histoire. À plein temps.

Jusqu'à la naissance de leur fille, au début du mois de juin. Lorsque Leonidas tint enfin son adorable petit bébé dans ses bras, une émotion indicible l'envahit, si intense qu'il eut du mal à retenir ses larmes.

Les paupières minuscules frémirent avant de se soulever, dévoilant des yeux aussi sombres que les siens.

Elle le regarda puis plissa tout à coup le front et se mit à crier de toute la force de ses petits poumons. Comme si elle souffrait physiquement.

— Elle a faim, dit l'infirmière d'un ton rassurant.

Mais Leonidas sentit une sueur glacée perler à son front.

— Prends-la. Prends-la ! s'exclama-t-il en tendant à Daisy le bébé qui continuait à crier.

Tendrement, elle berça leur fille contre elle en lui chuchotant des mots apaisants et en caressant ses petits doigts. Quelques instants plus tard, le silence régnait dans la chambre.

— Ne le prends pas personnellement, murmura-t-elle en levant les yeux vers Leonidas.

— Ne t'inquiète pas pour moi, répliqua-t-il d'un ton brusque.

C'était personnel. Il le savait. Sa propre fille ne pouvait supporter qu'il la touche. Elle avait compris d'instinct qu'il ne valait rien et ne méritait pas son amour.

Daisy avait réussi à lui faire oublier sa tare, mais son amour ne durerait pas. Pas plus qu'il ne le sauverait.

Ce n'était qu'une question de temps. Un jour ou l'autre, elle comprendrait ce que leur enfant avait perçu dès sa venue au monde.

Après avoir donné le jour à leur fille, Daisy avait connu le plus grand bonheur de sa vie. Mais hélas, ce bonheur n'avait duré que quelques instants.

L'accouchement avait été difficile, mais quand elle avait vu sa petite fille pour la première fois et l'avait tenue dans ses bras, elle avait ressenti une telle joie, un tel émerveillement, que plus rien d'autre n'avait eu d'importance. Daisy avait levé les yeux vers son mari pour partager son bonheur avec lui et lui avait tendu le minuscule bébé qu'il avait pris précautionneusement.

Puis, soudain, son beau visage était devenu livide, comme s'il avait vu un fantôme.

Une fois de retour à la maison, qu'elle considérait désormais comme la sienne, elle avait installé Olivia – Livvy –, prénommée ainsi en souvenir de sa mère, dans la chambre préparée avec amour pour elle avec son papa. Mais il était resté sur le seuil avant de tourner les talons en disant qu'il avait des coups de fil urgents à passer.

Deux mois s'étaient écoulés depuis durant lesquels l'amour de Daisy pour sa fille n'avait cessé de grandir. Elle ne se lassait pas de la regarder, de s'extasier devant la douceur de sa peau, la rondeur de ses joues, la transparence des fines paupières. Livvy avait ses cheveux à elle et les beaux yeux sombres de son père.

— Viens voir ta fille. Viens voir comme elle te ressemble !

Mais à chaque fois, Leonidas se contentait de jeter un bref coup d'œil au bébé.

— Tu ne la prends pas dans tes bras ?

Il refusait systématiquement. Même lorsque Daisy lui demandait de s'occuper d'elle pendant qu'elle faisait couler le bain de Livvy, par exemple. Il se dérobait à chaque fois, l'obligeant à appeler Mme Berry.

La journée, il disparaissait au prétexte qu'on avait besoin de lui au bureau. Il y passait jusqu'à seize heures par jour, et il prit même l'habitude de dormir dans la chambre d'amis quand il rentrait tard.

Pour ne pas les déranger, elle et le bébé, disait-il. Résultat, Daisy le vit à peine de l'été.

Les premières semaines, elle se sentit affreusement abattue. Leur fille n'y était pour rien, évidemment. Alors il devait y avoir autre chose. Mais quoi ?

Quand, sur l'île, il lui avait raconté les circonstances tragiques entourant sa naissance, son enfance difficile, elle

en avait terriblement souffert pour lui. Mais d'un autre côté, ces confidences douloureuses lui avaient redonné espoir. Si Leonidas pouvait se dévoiler, se montrer vulnérable devant elle, cela prouvait qu'au fond de lui-même il l'aimait. Alors il suffisait d'être patiente.

Rassérénée par cette espérance, elle lui avait même avoué son amour.

Les mois suivants, Leonidas avait paru partager son bonheur, il lui faisait l'amour avec tendresse et passion. Daisy se sentait appréciée et adorée. Il l'avait laissée faire son portrait plusieurs fois, et maintenant, elle avait l'impression que c'était tout ce qu'il lui restait de lui, des croquis sur des feuilles de papier.

Après la naissance de Livvy, elle avait fait des dizaines de portraits de leur fille. En les regardant la veille, Daisy avait été sidérée de voir à quel point Livvy avait changé.

Quand elle les avait montrés à Mme Berry, celle-ci lui avait demandé timidement si elle accepterait de faire son portrait – pas gratuitement, bien sûr, avait-elle ajouté à la hâte – pour l'offrir en cadeau d'anniversaire à son mari. Daisy s'était exécutée volontiers et avait dessiné la gouvernante avec Sunny allongée à ses pieds. La chienne avait beaucoup grandi elle aussi, et elle restait toujours à proximité du bébé, comme pour le protéger d'éventuels ennemis – notamment des écureuils dont elle se méfiait particulièrement.

Sunny était si drôle ! Elle parvenait toujours à la faire rire.

Mme Berry avait adoré son portrait, et, bientôt, les membres du personnel, à qui elle l'avait montré avec fierté, vinrent tour à tour demander à Daisy si elle voudrait bien faire le leur. Ensuite, les demandes affluèrent de toutes parts : membres de leurs familles, amis, connaissances…

Face à ce succès stupéfiant, Daisy s'interrogea. Autrefois, ses tentatives pour devenir artiste peintre avaient été un

véritable fiasco. Mais au fond, elle n'éprouvait pas vraiment de joie à peindre, s'avoua-t-elle. En revanche, quand elle faisait le portrait de tous ces gens, elle ressentait un réel plaisir.

Possédait-elle un don, finalement ? Pas en tant que peintre, mais comme portraitiste ? À moins qu'elle ne soit douée avec les gens, tout simplement.

Sauf avec son mari. Elle n'arrivait même plus à communiquer avec lui ! Leonidas ne lui adressait quasiment plus la parole et regardait à peine sa fille.

Deux jours plus tôt, alors que, découragée, elle repensait à ce qu'il lui avait confié, comment, à quatorze ans, il avait été amené à lacérer le précieux Picasso de sa mère, Daisy avait soudain eu une idée.

Et si elle retrouvait ce tableau pour lui ? Leonidas reviendrait peut-être vers elles deux ? Il le recherchait depuis des années, certes, mais peut-être ne s'y était-il pas pris de la meilleure façon. De son côté, elle avait quelques relations dans les milieux artistiques qui pourraient l'aider.

Elle décida de prendre contact avec une jeune bloggeuse qu'elle avait connue à Brooklyn. Aria Johnson remportait un immense succès sur les réseaux sociaux et avait acquis une réputation de traqueuse impitoyable. Elle découvrait toujours toutes sortes de scandales en relation avec les milieux artistiques et impliquant des gens riches et célèbres. Même le père de Daisy la craignait un peu.

Prenant son téléphone, elle appela Aria et lui raconta l'histoire du Picasso perdu sans lui donner tous les détails, évidemment. Elle se contenta d'expliquer que *L'Amour aux oiseaux* avait disparu vingt ans plus tôt, au moment où la mère de Leonidas était morte dans un tremblement de terre en Turquie.

— Oui, je suis au courant, répliqua la bloggeuse. Des tas de gens recherchent ce Picasso depuis – et c'est bien pour ça que ton père a essayé d'en vendre une copie.

— Il n'a pas…

— Ils ont seulement retrouvé le corps de la femme, l'interrompit Aria. Et celui d'autres personnes qui l'accompagnaient, notamment un jeune homme dont personne n'a réclamé le corps.

— Tu pourrais enquêter sur l'affaire ?

— Une veuve…, poursuivit Aria. Friquée… Elle était belle ?

— J'imagine, répondit Daisy. Mais pourquoi cette question ?

— Tu as d'autres infos à me filer ?

Daisy déglutit. Pouvait-elle vraiment confier un détail aussi confidentiel à Aria ? Mais c'était le seul moyen d'identifier la peinture avec certitude.

— Il y a des traces de déchirure sur la toile. Quelqu'un l'a lacérée avec des ciseaux.

— *Quelqu'un* ?

— Oui, quelqu'un, répondit Daisy. Si tu pouvais retrouver ce tableau, je te serais infiniment reconnaissante. Et bien sûr, je te paierai…

— Tu rembourseras mes frais, ça me suffira. Je ne prends pas de commission. Tout ce que je demande, c'est l'exclusivité de l'histoire, d'accord ?

Mon Dieu, elle avait l'impression de signer un pacte avec le diable.

— OK.

Quelques jours plus tard, alors que, installée dans le fauteuil à bascule de la chambre d'enfant, Daisy berçait Livvy dans ses bras, la porte s'ouvrit brutalement, faisant bondir Sunny qui se précipita vers la porte.

Tournant les yeux, Daisy aperçut son mari, immobile et sombre sur le seuil de la pièce, les yeux étincelants.

Lui revenait-il enfin ?

— Leonidas…, murmura-t-elle, le cœur battant la chamade. Je suis si heureuse de te voir…

— Me hais-tu à ce point, Daisy ? l'interrompit-il d'une voix glaciale. Comment as-tu pu me faire cela ?

— De quoi parles-tu ? s'exclama-t-elle, stupéfaite.

— Comme si tu ne le savais pas ! répliqua Leonidas avec un rire sardonique. J'aurais dû me douter que tu me trahirais. Comme tous les autres.

9.

Quand elle lui avait souri, installée dans son fauteuil avec le bébé dans les bras, elle était si belle, si désirable, que Leonidas en avait eu le souffle coupé.

Il se força à détourner les yeux. Elle l'avait blessé au plus profond de son être et, pourtant il s'était cru immunisé contre ce type de souffrance.

Jamais il n'aurait dû lui parler de son passé.

— Comment cela, je t'ai trahi ?

Ignorant la chienne qui appuyait le museau contre son genou, Leonidas foudroya sa femme du regard.

— Tu as appelé Aria Johnson.

— Ah… tu fais allusion à ça…, dit-elle, l'air soulagé. Je voulais t'aider. Sachant ce que le Picasso représente pour toi, je lui ai demandé de le retrouver. Je ne pensais pas…

— Non, tu n'as pensé à rien, sinon tu n'aurais pas raconté à cette maudite fouineuse que je l'avais lacéré avec une paire de ciseaux !

— Pardon ? Je ne lui ai jamais dit que c'était toi !

— Eh bien, elle le sait. Elle m'a appelé au bureau tout à l'heure. Et elle ne s'est pas contentée de fouiner dans ma vie, elle est allée fouiller du côté de ma mère.

Daisy blêmit.

— Qu'a-t-elle trouvé ? chuchota-t-elle.

— Que ma mère avait de nombreux amants, en Grèce et en Turquie. Elle a retrouvé leurs traces, sauf celle de celui avec qui elle est partie après la mort de mon père et qui a dû mourir avec elle dans le tremblement de terre. L'un de ces amants était au courant de tous les détails concernant ma naissance. Ma mère avait dû lui faire des confidences. Si bien que ta fichue bloggeuse sait que je ne suis pas le fils de mon père, mais celui de mon oncle, le drogué. Elle m'a demandé de confirmer les faits ou de les démentir !

— Qu'as-tu dit ?

— J'ai raccroché !

Leonidas repoussa ses cheveux en arrière et se mit à faire les cent pas dans la chambre.

— Comment as-tu pu lui demander d'éplucher mon passé, bon sang ?

— Je ne lui ai rien demandé de tel ! Seulement de retrouver le Picasso !

— Aria Johnson n'est pas n'importe qui, répliqua-t-il en se tournant vers Daisy. Impossible de l'acheter… Tout ce qui l'intéresse, c'est de divertir ses *followers* avec un scandale bien juteux, et elle en trouve toujours. Cette histoire fera le buzz dans moins d'une heure.

Daisy le regarda, l'air misérable et refoulant manifestement ses larmes.

— Je suis vraiment désolée. Je voulais t'aider.

— M'aider ? s'exclama-t-il en serrant les poings. Le monde entier connaîtra bientôt l'horrible secret que je me suis acharné à cacher durant toute ma vie ! Je n'aurais jamais dû te faire confiance.

— Je suis désolée, répéta-t-elle en battant des paupières. Je ne voulais pas te faire de mal. Je l'ai fait pour que tu reviennes !

— Qu'est-ce que tu racontes ?

— Le jour de la naissance de Livvy, tu as disparu !

Le bébé remuant dans ses bras, Daisy se leva avec précaution pour aller le coucher dans son berceau. Puis elle fit signe à Leonidas de la suivre.

Une fois dans le couloir, elle se tourna vers lui tandis que Sunny s'asseyait entre eux sur son arrière-train et les regardait tour à tour, la langue pendante.

— J'ai besoin de toi, Leonidas, chuchota Daisy. Notre fille aussi. Pourquoi ne la prends-tu jamais dans tes bras ?

Une tumulte d'émotions rugit en lui.

— Je l'ai fait, dit-il, affreusement crispé.

— Une seule fois, à la maternité. Depuis, tu l'évites.

Elle le regarda dans les yeux.

— Et tu m'évites aussi.

Incapable de supporter la souffrance qu'il lisait dans le regard de sa femme, Leonidas se détourna.

— J'ai été très occupé. Tu ne peux pas m'en vouloir de travailler en pensant à l'avenir de ma fille…

Il s'interrompit en sa rappelant que Daisy se fichait de l'empire qu'il avait construit.

— Je ne t'évite pas, ajouta-t-il, préférant mentir.

— Je t'en supplie, murmura-t-elle. J'ai besoin de toi.

— Non. Tu te débrouilles très bien sans moi. Et Livvy est mieux avec toi qu'avec moi.

— Qu'entends-tu par là, exactement ?

— Peu importe.

— Grâce à toi, j'ai découvert ma vraie vocation, dit-elle en lui posant une main sur le bras. Quand j'ai fait ton portrait durant notre lune de miel, j'ai compris que ce qui m'intéressait vraiment, c'étaient les gens. Pas une carrière de peintre.

Jamais elle ne lui avait paru aussi belle, aussi lumineuse. Son amour brillait dans ses yeux, irradiait tout son visage. Il ne le méritait pas. Il ne pouvait supporter cet amour. Parce que cela ne durerait pas.

Tu es merveilleux. Parfait.

Non, il n'était ni l'un ni l'autre. Leonidas connaissait ses défauts. Ses tares. Mais l'amour aveuglait Daisy. Elle ne voulait voir que le meilleur en lui. Or tôt ou tard, elle le verrait sous son vrai jour, et, à ce moment-là, l'amour qu'elle lui portait se transformerait en dégoût.

— Je suis désolée, Leonidas, répéta-t-elle. Je n'ai jamais voulu te faire de mal. Pourras-tu me pardonner un jour ?

Il tourna les yeux vers la fenêtre, au bout du couloir. S'il avait un tant soit peu de décence, il les laisserait partir toutes les deux, Daisy et leur fille. Mais à cette simple pensée, une sorte de trou noir s'ouvrait en lui. Un vide abyssal.

— Même si Aria publie toute l'histoire, qu'est-ce que ça peut faire ? Les circonstances entourant ta naissance n'ont rien à voir avec toi ! Avec ce que tu es !

Leonidas la regarda, suffoqué.

— Au contraire ! Elles ont *tout* à voir avec moi !

— Tu as eu une enfance horrible, mais tu t'en es sorti et tu as réussi dans la vie, répliqua-t-elle en secouant la tête. C'est ça, la vraie histoire, quelle que soit l'identité de ton géniteur.

Inutile d'insister. Elle ne comprendrait pas, de toute façon.

— Et puis, on ne sait jamais… Elle retrouvera peut-être le Picasso…

— On ne le retrouvera jamais ! s'exclama-t-il avec un rire dur. Il a été enterré sous des tonnes de roches et de gravats !

— Leonidas, dit-elle avec calme. Regarde-moi.

Il lui fallut un moment pour en avoir le courage. Mais quand il la regarda, une douleur aiguë lui traversa la poitrine. Elle était si belle, si courageuse… Un tel espoir se lisait dans ses yeux verts…

— Je regrette sincèrement de t'avoir fait de la peine, reprit-elle. Je n'ai pas assez réfléchi, c'est vrai. Mais, tu vois… Tu m'as demandé de t'épouser. Tu as *insisté* pour qu'on se marie. Tu disais que tu désirais plus que tout être le père de ton enfant. Que s'est-il passé ?

— Je ne sais pas.

— Si tu ne la prends plus jamais dans tes bras, si tu

ne me regardes plus, pourquoi sommes-nous mariés ? Qu'est-ce que je fais ici ?

Cette fois, il n'avait plus le choix. Il devait les laisser partir. Sinon, il ne ferait que les faire souffrir davantage.

Même si sans elles, il n'était plus rien.

Une souffrance indicible lui laboura la poitrine, lui bloquant la respiration.

— Il faut que je sorte… J'ai besoin d'air…

Faisant volte-face, il descendit en trombe les marches et se précipita dans le jardin. Là, il s'arrêta et se pencha en avant pour reprendre son souffle.

Il entendit Daisy arriver derrière lui.

— Je t'aime, Leonidas, dit-elle d'une voix douce.

Les poings serrés, il se redressa et se retourna vers elle.

— C'est impossible.

— Je n'y peux rien et toi non plus. Je t'aime et je t'ai toujours aimé, dès le premier instant. Sans rien savoir de toi.

Elle leva une main et lui effleura le visage du bout des doigts.

— J'ai une seule question à te poser : Crois-tu que tu pourras m'aimer un jour ?

Tout vacilla autour de Leonidas. Son contrôle lui échappait, son être se dissolvait. Il avait le cœur vide, desséché. Il le savait depuis longtemps. Par conséquent, mieux valait accepter ce constat et ne plus s'en soucier.

Aussi devait-il éloigner Daisy et Livvy. Pour être sûr de ne jamais leur faire de mal, de ne jamais les décevoir.

Il n'avait pas le choix. Il devait trouver la force de les laisser partir. Pour leur bien.

Il ferma un instant les yeux, inspira profondément.

— Non, je regrette, dit-il en écartant la main de Daisy. J'ai cru en être capable, mais je me suis trompé.

— Être capable de quoi ?

— D'être ton mari et le père de notre fille.

Ses yeux se voilèrent. Elle devint livide.

— Non…, murmura-t-elle. Nous pouvons…

— Tu es tombée amoureuse d'un homme qui n'existe pas. Je ne suis pas merveilleux, Daisy. Ni parfait. Je suis un sale égoïste. Un type froid et sans cœur.

— Ce n'est pas vrai !

— Pourquoi refuses-tu de l'admettre ? Tu dis que tu m'aimes, que je suis parfait, alors que tu ne m'as jamais pardonné d'avoir causé la mort de ton père.

— J'ai… essayé.

Les larmes roulaient sur ses joues pâles.

— Il était innocent, mais je sais que tu ne voulais pas qu'il meure, poursuivit-elle.

— Arrête, Daisy. Il est temps de regarder la vérité en face.

— La vérité, c'est que je t'aime !

— Tu te forces à ne pas voir mes défauts. Mais lorsque Livvy est née, j'ai su que tu comprendrais la vérité tôt ou tard. Elle l'a vue, elle. Dès la première fois que je l'ai prise dans mes bras.

— Parce qu'elle a crié ? C'est insensé ! Livvy n'est qu'un bébé !

— Non, ce n'est pas insensé. Vous méritez mieux que moi. Et je suis fatigué de le vérifier chaque jour, de savoir que je ne suis pas assez bon pour vous. Je ne suis pas l'homme parfait que tu voudrais que je sois. J'ai vu le reproche dans tes yeux lorsque…

— De quoi parles-tu ?

— Mieux vaut en finir maintenant.

Leonidas se détourna.

— Vous devriez partir, toi et le bébé.

— Partir ? répéta-t-elle, la voix brisée. Pour aller où ?

— Où tu voudras. En Californie, par exemple. Tu désirais t'installer à Santa Barbara, autrefois.

— C'est ici que je veux vivre. Avec toi !

Tout son corps lui faisait mal. Il avait l'impression d'avoir deux cents ans. Pourquoi refusait-elle de comprendre ?

— Tu peux rester ici, si tu préfères. Je te donne cette maison. Moi, j'irai à l'hôtel.

Il s'interrompit un instant et se retourna vers elle.

— Oublie le contrat de mariage. Tu peux avoir la moitié de ma fortune – la moitié de tous mes biens. Prends tout ce que tu voudras.

— C'est toi que je veux, Leonidas.

— Un jour, tu me remercieras, répliqua-t-il d'une voix sourde.

Une dernière fois, il contempla le beau visage mouillé de pleurs.

— Au revoir, Daisy.

Il redressa les épaules et, tournant les talons, il ouvrit la porte donnant sur l'allée puis s'éloigna rapidement.

C'était la meilleure, la *seule* chose à faire, se répéta-t-il farouchement, obsédé par la vision du visage blême de Daisy.

Il s'essuya les yeux du revers de la main. C'était mieux pour tout le monde.

Alors, pourquoi avait-il l'impression de mourir intérieurement ?

Hébétée, Daisy le regarda partir à grands pas, s'arrêter à l'extrémité de l'allée puis héler un taxi.

L'instant d'après il avait disparu.

Un jour, elle lui avait fait promettre que si jamais elle voulait s'en aller, il la laisserait partir.

Jamais elle n'aurait imaginé que ce serait lui qui la quitterait.

Le visage inondé de larmes, elle alla fermer la porte donnant sur l'allée et rentra lentement dans la maison.

Elle regarda autour d'elle, complètement insensible à la beauté et au luxe qui l'entouraient, s'adossa au mur et se laissa glisser pour s'affaisser sur le parquet en sanglotant, lorsque Sunny, venue aux nouvelles, poussa un gémissement plaintif et se pressa contre elle pour la réconforter. Daisy lui passa un bras autour du cou et leva les yeux vers le mur où elle avait accroché des portraits au fusain de son mari et de Livvy.

— Madame Niarxos ?

Mme Berry se penchait vers elle, l'air inquiet.

— Il m'a quittée…

— Oh ! ma pauvre enfant…, murmura la gouvernante en lui posant une main sur l'épaule. Je suis terriblement désolée.

Daisy déglutit avec peine.

— Je croyais que, si je l'aimais assez…

Elle s'interrompit, la voix brisée par un sanglot.

— Je croyais pouvoir l'aimer assez pour nous deux, vous comprenez ?

Mme Berry resserra brièvement les doigts sur son épaule.

— Je le connais depuis longtemps. On ne lui a jamais appris à aimer, voyez-vous.

Elle soupira.

— Ni les autres ni lui-même.

— Mais pourquoi ? Il est merveilleux…

Les paroles de Leonidas lui revinrent à la mémoire.

Je ne suis pas merveilleux. Ni parfait.

— Qu'est-ce que je peux faire ? demanda la gouvernante avec une douceur que Daisy ne lui connaissait pas.

— Je…

Tremblant de tout son corps, elle ferma les yeux et serra ses genoux contre elle. Tous ses espoirs s'écroulaient. Le futur lui paraissait lugubre, désolé.

Soudain, Sunny appuya le museau contre sa jambe et la regarda, ses yeux noirs emplis de tristesse. Daisy y vit comme un reproche, un rappel à l'ordre.

Elle n'avait pas le droit de s'effondrer. Livvy avait besoin d'elle.

Cinq mois plus tôt, elle avait été prête à l'élever seule,

prévoyant d'aller s'installer en Californie et de devenir infirmière. À ce moment-là, elle se sentait forte, elle avait confiance en elle. Elle n'avait pas besoin de Leonidas.

Elle battit des cils en caressant le pelage doux de sa chienne puis inspira profondément.

Elle devait être forte.

— Il faut que je m'en aille, dit-elle en levant les yeux vers Mme Berry.

— Vous en aller ? Avec Livvy ?

Lentement, Daisy se releva en contemplant la décoration raffinée, les beaux meubles anciens.

— Je ne peux pas rester ici, madame Berry. Cette maison me rappelle trop Leonidas. Nous avons été si heureux…

Une lueur étrange traversa les yeux de la gouvernante.

— L'étiez-vous vraiment ?

— Je le croyais, murmura Daisy. Au début. Jusqu'à la naissance de Livvy…

Ce jour-là, tout avait basculé.

À présent, le futur s'étendait devant elle, terrifiant, aussi vaste qu'un océan. Libre à elle d'en faire quelque chose.

Le lendemain matin, Daisy partait pour la Californie avec sa fille et sa fidèle Sunny, en quête d'une nouvelle vie, d'une nouvelle maison, d'un lieu où elle pourrait se construire de nouveaux souvenirs et élever Livvy avec amour.

Un lieu paisible et heureux où, avec le temps, ses blessures finiraient par cicatriser. Ce serait long, mais elle réussirait à guérir. Elle n'avait pas le choix, de toute façon.

— Nous avons trouvé le Picasso, monsieur Niarxos.

Leonidas en resta un instant sans voix.

— Non. C'est impossible…

— J'ai attendu d'être sûr d'avoir affaire à l'original

avant de vous en parler. Nous avons été contactés il y a deux semaines. Il a été authentifié par les experts, et il n'y a aucun doute.

Lorsque Ross l'avait appelé de bonne heure, ce matin-là, Leonidas avait pensé qu'il avait appris que lui et Daisy s'étaient séparés.

À vrai dire, il n'arrivait pas encore à croire que sa femme et sa fille avaient quitté New York. Il était retourné dans sa maison de Manhattan une fois, mais n'avait pu supporter d'y rester plus d'un quart d'heure. Sans elle, la belle demeure n'était qu'une coquille désespérément vide.

Après cela, il avait regagné sa suite, au dernier étage d'un hôtel de luxe. C'était dans ce refuge qu'il avait suivi le scandale déclenché par les révélations d'Aria Johnson. Hormis cette visite chez son avocat, il ne sortait pas de sa suite. Mais, Dieu merci, le scandale commençait à s'émousser. Seuls deux paparazzi l'avaient suivi tout à l'heure, et c'était bon signe.

— Je comprends votre scepticisme, reprit Edgar Ross avec un grand sourire. Mais nous l'avons bel et bien retrouvé.

Leonidas se concentra sur l'avocat. Pour ne plus entendre la voix de Daisy, ne plus voir son regard tandis que, rayonnante, encadrée par les bougainvillées rose foncé se découpant sur les murs blancs de la villa, elle disait tendrement : *Je t'aime. Tu es merveilleux. Merveilleux et parfait.*

Venait alors l'autre vision qui chassait la précédente. Il revoyait Daisy éplorée, le visage ravagé par le chagrin, juste avant qu'il ne la quitte.

Ces souvenirs le hantaient jour et nuit, même quand il faisait semblant de travailler.

— Comment pouvez-vous en être certain ? demanda-t-il lentement.

— Vous voulez le voir, monsieur Niarxos ?

— Pourquoi pas…

L'avocat se leva en souriant, traversa son bureau, tendit le bras et, d'un geste théâtral, tira un rideau.

Là, sur le mur, mal éclairé par le plafonnier… C'était *L'Amour aux oiseaux*. Il n'y avait aucun doute..

Se levant à son tour, Leonidas s'avança et scruta la peinture. Doucement, il effleura la toile, dans la partie supérieure gauche, où l'asymétrie originale du cœur était accentuée. Là où l'adolescent dévasté avait lacéré la toile avec des ciseaux.

— Comment l'avez-vous retrouvé ? murmura-t-il.

— C'est la bloggeuse qui l'a retrouvé, Aria Johnson. Après avoir d'abord découvert que…

L'avocat toussota discrètement.

— Le dernier amant de votre mère était un jeune Turc de vingt-deux ans, étudiant à Ankara. Il avait déposé le tableau chez sa tante la veille du tremblement de terre.

— Vous voulez dire qu'il l'avait volé à ma mère ?

— Apparemment non. Le jeune homme a dit à sa tante que sa nouvelle petite amie, une femme riche, le lui avait offert. La tante n'avait jamais su qui était la femme en question, et elle ne se doutait pas que le tableau avait de la valeur. Elle l'a conservé uniquement en souvenir de son neveu.

Leonidas dévisagea Ross avec incrédulité.

Ainsi, après s'être battue bec et ongles avec son mari pour l'empêcher de lui prendre le Picasso, Eleni l'avait *donné* ? À un jeune amant qu'elle connaissait à peine ?

Parce qu'elle était fauchée, comprit-il brusquement. Sans doute abandonnée par l'amant avec lequel elle avait quitté la Grèce, elle s'était retrouvée seule, peut-être désespérée.

Comme lui autrefois.

Leonidas contempla les deux moitiés du cœur gris réunies maladroitement.

— La tante a essayé de réparer les dégâts, expliqua Edgar Ross. Avec du fil et une aiguille…

— Oui, répondit-il machinalement.

— Lorsque Aria Johnson a appris qu'elle avait gardé un Picasso dans la remise de son jardin pendant vingt ans, elle a failli avoir un infarctus !

— Combien en veut-elle ?

— Aria Johnson lui a dit qu'elle serait folle de demander moins d'un million. Cela m'a paru raisonnable, vu qu'elle aurait pu en retirer bien davantage en le vendant aux enchères. Alors je lui ai versé la somme dès qu'il a été authentifié.

— Vous voulez dire que le Picasso est à moi ?

— Exactement, monsieur Niarxos.

Leonidas caressa doucement la couture grossière.

— Nous le ferons restaurer par des professionnels, naturellement…

— Non. Je le garde en l'état.

Reculant d'un pas, Leonidas contempla *L'Amour aux oiseaux*, le trésor qu'il avait recherché toute sa vie, mais sans éprouver la moindre joie ni la moindre satisfaction.

Il ne ressentait rien. Absolument rien.

Ross dit quelque chose à propos de Liontari, de relations publiques et de réseaux sociaux, mais il ne l'écoutait plus.

Il avait cru que le jour où il retrouverait le Picasso, il se sentirait entier. Qu'il s'ouvrirait enfin à l'amour. Mais il ne voyait ni amour ni oiseaux. Seulement des taches grises, bleues et beiges dépourvues de sens.

Un sentiment de trahison l'envahit. De tromperie.

— Merci de vous être occupé de la transaction, Ross, dit-il. Mon assistant vous réglera ce que nous vous devons.

— Merci, monsieur Niarxos.

C'était le moment de lui demander d'entamer la procédure de divorce. Il n'avait que trop tardé. Quand, lors de son passage à la maison de Manhattan, Mme Berry lui avait dit que Daisy avait loué un petit cottage en Californie, il l'avait interrompue, choqué.

— Elle a loué un petit cottage ? Alors que je lui ai donné cette maison ?

— Elle ne voulait pas y vivre sans vous, avait tristement répliqué sa gouvernante. Je suis tellement navrée, monsieur.

— C'est moi qui suis parti, avait-il murmuré.

— Je sais, avait-elle dit avec un sourire triste. Vous ne supportiez pas qu'elle vous aime. Vous lui en vouliez même de vous aimer. Ce n'est pas étonnant puisque vous ne vous aimez pas vous-même.

Ces paroles lui avaient transpercé le cœur. Parce que c'était la vérité.

Revenant au présent, il expliqua rapidement la situation à Edgar Ross qui soupira en retournant s'asseoir derrière son bureau.

— C'est ce que je craignais, dit-il en lui désignant le fauteuil en cuir noir. Ne vous inquiétez pas, monsieur Niarxos. Nous vous rendrons bientôt votre liberté.

— Ma liberté ? répéta Leonidas sans s'asseoir.

— Tout le monde sait que vous vivez à l'hôtel depuis trois semaines. Mais ne vous inquiétez pas, répéta Ross. Le divorce ne sera pas compliqué puisque, si j'ai bien compris, Mme Niarxos ne fera pas de problème.

Non, après s'être battue pour sauver leur mariage, elle ne poserait aucun problème, songea lugubrement Leonidas.

Il l'avait rejetée. Perdue. Pour toujours.

Et au lieu de sa belle épouse, de cette femme au cœur noble et généreux, il se retrouvait avec un tableau.

— Vous ne voulez pas vous asseoir ?

Leonidas contempla le fauteuil que lui désignait l'avocat.

Vous ne supportiez pas qu'elle vous aime. Vous lui en vouliez de vous aimer…

Il n'avait jamais mérité l'amour de Daisy. Elle le voyait comme un être merveilleux. Parfait. Or il n'était ni l'un ni l'autre. Pas étonnant qu'il ait eu peur de l'aimer. Parce que, dès qu'il aurait eu franchi le pas, elle aurait découvert la vérité et il l'aurait perdue.

Et alors ? Il l'avait perdue, de toute façon.

La vérité fondit sur lui brusquement. Il l'avait quittée parce qu'il était terrifié à la perspective d'aimer, de s'ouvrir à l'amour, et d'être repoussé.

Le mal était déjà fait. Il aimait Daisy.

Il tourna les yeux vers la fenêtre et regarda la façade d'un gratte-ciel étinceler au soleil.

Il l'aimait.

Depuis leur première rencontre. Dès l'instant où elle lui avait souri.

Pendant des années, il avait rendu ses parents responsables de son incapacité à aimer. Et peut-être à juste titre.

Mais tôt ou tard, il fallait choisir.

Ou bien il s'enterrait dans le chagrin et la rancune, et en mourait, ou bien il s'armait de courage et se battait pour sortir de la tombe où il s'était enterré vivant, et s'ouvrait au soleil et à la lumière. À la vie.

Leonidas choisit la vie.

Il choisit Daisy.

— Je dois m'en aller, dit-il brusquement.

Edgar Ross posa son stylo-plume en or.

— Pardon ? Où allez-vous ?

— En Californie, répondit Leonidas en se dirigeant vers la porte.

Il devait parler à Daisy, tout lui dire. Et la supplier de lui pardonner.

Ne restait plus à espérer qu'il ne soit pas déjà trop tard.

Une fois dans le couloir, il se mit à courir.

10.

Daisy ne se lassait pas du calme et de la beauté de son nouvel environnement. Elle adorait son jardin, les rosiers et les orangers qui encadraient la vue magnifique sur les eaux bleues du Pacifique. Quant aux cyprès entourant la maison, ils la protégeaient du bruit de la circulation.

Mais quand elle regardait l'océan et les bougainvillées rose foncé qui se détachaient sur les murs blancs de son petit cottage, elle ne pouvait s'empêcher de repenser à sa lune de miel, au moment où Leonidas l'avait embrassée sur la terrasse de la villa dominant la mer Égée. Et à chaque fois, les larmes lui montaient aux yeux.

Quand l'oublierait-elle pour de bon ? Quand tournerait-elle enfin la page ? Combien de temps lui faudrait-il pour se sentir à nouveau entière ?

— Alors ? Tu t'es décidée ?

Elle se retourna et sourit poliment à Franck Bain.

— Non, pas encore. Avant de louer un local, il faut d'abord que je sois sûre de rester suffisamment longtemps en Californie pour y ouvrir un atelier.

— Je comprends, répliqua-t-il d'un ton amical.

Mais elle n'aimait pas la façon dont il promenait son regard sur elle, sur son buste, son ventre... Les paroles de Claudia résonnèrent dans son esprit : *Tu sais qu'il est amoureux de toi, n'est-ce pas ?*

Impossible. Le plus vieil ami de son père ne pouvait pas être amoureux d'elle…

Franck l'avait appelée depuis sa résidence de Los Angeles ce matin-là pour lui dire qu'il venait d'apprendre qu'elle s'était installée à Santa Barbara et il se proposait de venir la voir. Se souvenant de son intervention le jour du mariage, Daisy s'était montrée un peu réticente. Mais il lui avait expliqué qu'il avait seulement voulu l'empêcher de commettre une grave erreur.

— Si tu m'avais écouté, tu ne serais pas en train de divorcer maintenant, avait-il ajouté.

En effet.

Et lorsqu'elle lui avait parlé de son projet d'ouvrir un atelier de portraits, il avait aussitôt répliqué qu'il serait ravi de l'emmener visiter d'éventuels locaux. N'ayant pas de voiture, Daisy avait accepté, d'autant que Franck avait précisé qu'il installerait un siège pour bébé à l'arrière du véhicule de façon à pouvoir emmener Livvy avec eux.

Quant au divorce, ce simple mot lui répugnait et, depuis trois semaines, elle redoutait de recevoir les documents que ne manquerait pas de lui envoyer l'avocat de Leonidas.

Mais il fallait en terminer avec cette histoire. Son mari ne voulait pas d'elle ni de Livvy. Et il se fichait bien de leur avoir fait du mal.

Une grosse boule se nicha dans sa gorge tandis qu'elle regardait sa fille, toujours endormie dans son siège pour bébé après qu'elle l'eut sortie doucement de la voiture et installée dans le jardin.

— Merci de m'avoir montré quelques-uns de tes dessins, dit Franck en souriant. Tu es très douée pour les portraits.

— Merci.

Mon Dieu, pourvu qu'il ne lui demande pas de faire le sien.

En fait, Daisy avait hâte de le voir partir. Dix minutes plus tôt, il l'avait invitée à dîner, soi-disant pour discuter de son projet, mais elle avait refusé et il n'avait pas insisté, Dieu merci.

Comme par hasard, Sunny – qui aimait tout le monde – avait grondé sourdement quand Franck était venu la chercher en voiture. Et encore maintenant, la chienne gardait ses distances avec lui et semblait le surveiller du coin de l'œil, de l'air méfiant qu'elle réservait d'ordinaire aux écureuils.

— Oui, dit Franck en s'asseyant en face d'elle sur l'autre fauteuil en rotin. Tu as du talent. Je me demande si…

— Si quoi ? dit-elle avec appréhension.

— J'ai dû m'installer en Californie après avoir été chassé de New York par ton mari.

— Leonidas ? s'exclama-t-elle, surprise. Pourquoi ?

— Peu importe. Il sera bientôt ton ex-mari, de toute façon.

Horrifiée, Daisy le vit se *lécher* les lèvres avant d'ajouter :

— Tu seras très riche après le divorce.

Elle n'avait vraiment pas envie d'en parler avec lui. Elle ne désirait qu'une chose : qu'il s'en aille.

— Alors tu n'auras pas besoin de travailler pour gagner ta vie. Mais je me demande…

Il promena un regard franchement libidineux sur elle.

— … si tu aimerais collaborer avec moi. Pour le plaisir.

La façon dont il avait dit *plaisir* la révulsa.

— De quel genre de collaboration parles-tu, au juste ? demanda-t-elle froidement.

— Le marché des œuvres disparues ouvre un large champ de possibilités, surtout dans le domaine des portraits anciens.

Une sensation de froid parcourut Daisy. Elle avait mal compris… Il ne pouvait pas…

— Quel marché, exactement ?

— Tu as très bien compris, Daisy, répondit-il en souriant. Comment crois-tu que je suis devenu aussi riche ? En aidant les gens à acquérir les chefs-d'œuvre qu'ils convoitaient désespérément.

Elle eut l'impression que son cœur s'arrêtait de battre.

— Tu veux dire… en les peignant ?

Franck haussa une épaule.

— C'était toi…, chuchota-t-elle. Tu répétais que mon père était innocent alors que tu savais qu'il était coupable… Tu étais son complice…

— Comment Patrick aurait-il pu garder sa maison et t'élever après la mort de ta mère, à ton avis ? C'était elle qui faisait vivre le foyer. La galerie ne rapportait quasiment rien à Patrick.

— Je n'arrive pas à le croire…

— Il avait refusé mes propositions durant des années. Puis un jour, il s'est retrouvé seul avec sa petite fille et est venu me voir, désespéré. On s'est mis d'accord : je m'occupais du côté peinture et lui se servait de ses contacts pour écouler les toiles. Ça a bien fonctionné pendant des années.

Il la regarda en plissant les yeux.

— Jusqu'à ce qu'il vise trop haut. Nous n'aurions jamais dû nous attaquer à un Picasso.

— Pourquoi as-tu accepté, alors ?

— Ton père s'inquiétait pour toi. Il voyait que tu n'arrivais à rien avec ta peinture, et il en avait assez de vendre des copies à des nouveaux riches. Il voulait quitter New York, aller s'installer ailleurs et tout recommencer de zéro.

Nous pourrions tout recommencer de zéro, avait dit son père. *Aller nous installer à Santa Barbara, ma ville natale. C'est un bel endroit, chaud et lumineux. Nous pourrions acheter une petite villa au bord de la mer, avec un jardin.*

— Tu as assisté à son procès et tu n'as jamais avoué que tu étais son complice ! s'écria-t-elle, horrifiée. Tu l'as laissé aller en prison, seul !

Il leva les yeux au ciel.

— Le Picasso, c'était *son* idée. Les copies de peintres mineurs, ça m'allait très bien. Vendre un Picasso à un milliardaire me paraissait trop risqué, mais il a insisté et j'ai fini par céder. Et ensuite, ton mari a tout gâché. J'avais fait une excellente copie du tableau, mais j'ai appris la semaine dernière que Niarxos l'avait lacéré avec des ciseaux quand il était gamin ! Comment aurais-je pu le deviner ? Il faut être taré pour faire une chose pareille !

— Ou souffrir énormément, murmura Daisy.

Tout s'effondrait sous ses pieds. Son père lui avait menti. Mais pourquoi l'avait-elle cru ? Pourquoi avait-elle refusé de voir la vérité ? Parce qu'elle avait vu ce qu'elle voulait voir : les meilleurs côtés de son père. À ses yeux, il était parfait parce qu'elle l'aimait, et elle continuait de l'aimer. S'il lui en avait laissé la possibilité, elle lui aurait pardonné.

Je ne suis pas merveilleux. Ni parfait, avait dit Leonidas.

Elle avait cru en son père, puis en son mari. Elle les avait placés sur un piédestal, les contraignant à être à la hauteur de l'image qu'elle se faisait d'eux. À être l'image de la perfection.

Pas étonnant que Leonidas soit parti.

— Nous pourrions travailler ensemble, toi et moi, reprit Franck en rapprochant son fauteuil du sien. Et si tu n'as pas besoin d'argent après ton divorce, nous pourrions le faire juste pour le fun…

Quand il se pencha en avant et lui posa une main sur la cuisse, Daisy le repoussa brutalement.

— Hé ! Je t'ai rendu service, tu as vécu gratuitement à Brooklyn pendant des mois…

Il lui adressa un sourire suave.

— Si tu ne veux pas travailler pour moi, je me rembourserai autrement…

Quittant son fauteuil, il la souleva carrément dans ses bras.

— Qu'est-ce que tu fais ? Non ! s'écria Daisy en se débattant de toutes ses forces.

— Tu ne crois pas que je mérite un peu de gentillesse ? demanda-t-il, le souffle court, en enfonçant les doigts dans ses hanches. Après tout ce que j'ai fait pour toi…

Voyant qu'il allait l'embrasser, elle tourna la tête et cria…

Ensuite, tout se passa en même temps.

Livvy se réveilla et se mit à pleurer… Sunny bondit sur Franck en montrant les crocs… Se débattant comme une furie, Daisy lui donna un coup de genou dans les parties, il poussa un juron et un gémissement de douleur, la lâcha…

— Bas les pattes, espèce de salopard !

La voix familière la fit tressaillir tandis que Franck reculait en se tenant le bas ventre. Tout de noir vêtu, Leonidas s'avança vers lui et lui donna un coup de poing en pleine mâchoire.

Franck s'écroula dans l'herbe.

— Leo…, chuchota Daisy.

— Tu vas bien, ma douce ? demanda-t-il en se retournant vers elle. Il ne t'a pas fait de mal ?

— Non, non… Tout va bien.

Leonidas poussa un soupir de soulagement puis il se pencha pour prendre Livvy dans ses bras qui cessa aussitôt de pleurer. Après l'avoir installée dans le creux de son bras musclé, il se tourna vers Daisy.

— Je suis si désolé, murmura-t-il. Pourras-tu me pardonner un jour ?

Elle contempla son beau visage. Il avait l'air si vulnérable, si inquiet…

— Tu me demandes si je peux te pardonner ?

— Comme c'est touchant…, intervint Franck avec dédain en se relevant lentement.

Sunny, qui continuait de le surveiller à distance, s'avançait alors vers lui en grondant et comme elle montrait les crocs, Franck tourna aussitôt les talons pour s'enfuir sans demander son reste.

Trente secondes plus tard, Daisy entendit sa voiture démarrer puis s'éloigner rapidement.

— Merci, Sunny ! Tu es notre ange gardien, murmura-t-elle en se penchant pour caresser la chienne qui remuait joyeusement la queue.

Doucement, Leonidas enlaça Daisy de son bras libre.

— Oh ! ma chérie, murmura-t-il. Pourras-tu vraiment me pardonner de t'avoir quittée ? Je me sentais incapable d'être celui que tu voulais que je sois, et je ne pouvais supporter la pensée de te décevoir. Mais je n'aurais jamais dû m'enfuir comme un lâche…

— Chut…, dit-elle en lui posant un doigts sur les lèvres. Je me suis trompée sur tant de choses. Je t'ai reproché d'avoir fait arrêter un innocent… Franck a reconnu que mon père était coupable, et j'ai refusé de le croire parce que je voulais qu'il soit parfait.

Elle lui caressa doucement la joue.

— Comme je voulais que mon mari soit parfait. C'est à moi de te demander pardon.

— Je donnerais tout ce que je possède pour être parfait.

Portant toujours Livvy endormie dans le creux de son bras, il plongea son regard dans celui de Daisy.

— Tu le mérites. Mais je savais que je ne serais jamais à la hauteur de ton amour.

— Tu te trompes, murmura-t-elle. Tu l'es…

— Je m'étais convaincu que toi et Livvy seriez mieux sans moi. Mais après t'avoir quittée, je me suis senti complètement vide. Rien n'avait plus d'importance même quand j'ai fini par récupérer le Picasso – grâce à toi.

— J'ai su qu'Aria l'avait retrouvé.

— Oui, je l'avais enfin en ma possession, et je ne ressentais rien. Brusquement, j'ai réalisé que tout ce que je redoutais était arrivé. J'avais perdu l'amour de ma vie à cause de mon orgueil et de ma stupidité. Mais maintenant, la seule chose que je crains, c'est de t'avoir perdue à tout jamais.

— Qu'est-ce que tu as dit ? L'amour de ta vie ?

— Je t'aime, Daisy.

Leonidas baissa les yeux sur leur minuscule petite fille.

— Toi et Livvy êtes toute ma vie. Et je passerai chaque jour de cette vie à essayer d'être parfait pour toi, pour elle…

— Non. Tu n'as pas besoin d'être parfait, Leo. Je ne veux pas que tu changes parce que je t'aime tel que tu es.

Des larmes brillèrent dans les beaux yeux noirs.

— Daisy, ma chérie…, murmura-t-il en l'attirant contre lui.

Puis il pencha la tête et l'embrassa tandis que Sunny bondissait autour d'eux.

C'était mieux que parfait, songea Daisy en savourant son bonheur.

C'était réel.

Debout devant la porte-fenêtre de la petite salle à manger, Leonidas regardait Sunny bondir dans la neige et pourchasser un pauvre écureuil qui avait eu la malencontreuse idée de s'aventurer sur son chemin.

— C'est une vraie catastrophe ! dit-il avec un soupir en se retournant vers sa femme.

Elle tourna tranquillement la page de son livre avant de lever les yeux vers lui.

— Une catastrophe ?

— Si nous laissons rentrer Sunny, Mme Berry nous tuera. Elle va devoir rester dans la cour. À moins que je lui construise une grande niche…

— *Tu* vas la construire ?

— Je vais demander à quelqu'un de le faire…, admit-il. Sinon, elle continuera à faire des saletés partout…

— Non, répliqua sereinement Daisy en tournant une nouvelle page. Tu vas lui donner un bain, tout simplement.

— Moi ? dit-il, interloqué.

— Oui, toi, répliqua-t-elle en souriant.

Il promena son regard sur Daisy qui, en chemise de nuit sous son peignoir de soie, soulevait sa tasse de thé. Chaque matin, elle lisait après avoir pris son petit déjeuner tandis que Livvy, âgée maintenant de sept mois, malmenait ses jouets sur son tapis de jeu.

— Tu me prends pour qui ? demanda-t-il en haussant un sourcil, faussement hautain. Je ne suis pas ton esclave...

Levant de nouveau les yeux de son livre, elle inclina légèrement la tête de côté en se mordillant la lèvre inférieure. Dans le mouvement, le peignoir s'entrouvrit, laissant deviner les seins nus sous la chemise de nuit en soie diaphane.

— D'accord, reprit Leonidas, la voix rauque. Je donnerai un bain à Sunny. Pas parce que tu me l'as demandé, mais parce que j'en ai envie.

Elle sourit puis retourna à son livre après avoir bu une gorgée de thé.

— On pourrait peut-être aller se recoucher un petit quart d'heure ?

— Peut-être..., dit-elle nonchalamment.

Leonidas tourna les yeux vers Livvy qui les regardait en suçant son anneau de dentition en forme de cœur puis il s'assit à côté de sa femme sur le sofa.

Depuis leur retour à New York quatre mois auparavant, beaucoup de choses avaient changé. Daisy était devenue une portraitiste très demandée et très convoitée car elle prenait peu de clients, préférant consacrer la majeure partie de son temps à son mari et à sa fille. Ce à quoi Leonidas ne trouvait rien à redire, au contraire. Liontari ayant décidé de recruter un nouveau P-DG, lui-même passait la plupart de ses journées à la maison. Il avait en effet décidé de se retirer et de se contenter d'être l'actionnaire majoritaire de la holding.

Il regarda Daisy, la femme de sa vie. Jamais il n'aurait pu imaginer que l'on puisse être aussi heureux, aussi comblé.

Tout à coup, elle tourna les yeux vers lui et lui adressa un sourire un peu… mystérieux.

— Toi, tu me caches quelque chose…

— Cela ne t'intéresserait pas, de toute façon, répondit-elle avec un haussement d'épaule.

Doucement, Leonidas glissa les doigts dans les longs cheveux soyeux puis, se penchant, il lui murmura à l'oreille :

— Si, cela m'intéresse *énormément*. Alors tu vas me le dire, ton secret.

La sentant frissonner contre lui, il glissa une main sous la soie, lui caressa lentement l'épaule, la gorge, les seins…

Se redressant, il la dévisagea en battant des paupières.

— Serais-tu…

— Non.

L'intensité de sa déception le surprit, et pourtant, il était trop tôt pour faire un deuxième enfant. Livvy n'avait que sept mois, ils avaient le temps…

Mais quand il se pencha de nouveau pour embrasser Daisy, elle lui posa une main sur le torse.

— J'ai dit non parce que tu as employé le conditionnel, chuchota-t-elle, presque timidement. Je *suis* enceinte… Ça a dû arriver à Noël, ou la veille de Noël. Tu te rappelles notre petite sieste sous l'arbre…

— Ma chérie…, murmura-t-il, en la prenant dans ses bras, fou de joie.

Au même instant, la trappe aménagée pour Sunny dans le bas de la porte-fenêtre s'ouvrit, et la chienne surgit pour s'ébrouer au milieu de la pièce, envoyant de la neige et de la boue partout – pour la plus grande joie de Livvy qui se mit à frapper dans ses petites mains en riant.

Daisy repoussa doucement Leonidas et éclata de rire.

— Tu as bien dit que tu allais lui donner un bain ?

Poussant un soupir faussement résigné, il sourit à sa femme adorée.

— Je n'ai qu'une parole. Mais, ensuite, nous confierons Livvy à Mme Berry et nous retournerons au lit jusqu'à l'heure du déjeuner !

— D'accord ! répliqua-t-elle avec un petit sourire follement sexy. Vas-y vite, mon chéri…

Retrouvez prochainement, dans votre collection

AZUR

Le jeu d'une amoureuse, de Pippa Roscoe - N°4356

Quatorze jours. C'est le délai dont Sia dispose pour prouver que le duc Sebastian Rohan de Luen a dérobé une célèbre toile avant de la remplacer par un faux. L'enjeu est de taille, puisque la carrière et la réputation de Sia sont en jeu : c'est elle en effet qui a expertisé la Femme amoureuse pour la Maison d'art Bonnaire ! Hélas, bien que Sebastian lui soit manifestement nocif, elle éprouve en sa présence des émotions intenses. Des sentiments dangereux qui pourraient bien altérer son jugement, si elle n'y prend pas garde…

L'enfant d'un prince du désert, de Sharon Kendrick- N°4357

Caitlin est sous le choc quand elle voit débarquer chez elle le roi Kadir al-Marara. Si tous deux ont eu une liaison quatre ans plus tôt, elle le croyait sorti de sa vie pour toujours. Hélas, son pire cauchemar est en train de se réaliser : Kadir a découvert son secret – le petit garçon né de leur amour impossible. Et il exige aujourd'hui d'emmener avec lui son héritier ! La peur au ventre et craignant d'être séparée de Cameron, Caitlin accepte de suivre Kadir dans ce pays de sable dont son enfant sera un jour le roi…

Contrat avec un milliardaire, de Michelle Smart - N°4358

Alors qu'elle se rend à une audition, Mia découvre avec stupeur qu'elle est la seule candidate. Mais sa surprise grandit encore quand l'homme sublime qui la reçoit, Damiàn Delgado, lui propose un rôle sur mesure : incarner sa fiancée le temps d'un week-end. Si elle parvient à convaincre la famille de Damiàn qu'elle est follement amoureuse de lui, elle touchera une fortune ! Incapable de refuser une offre aussi généreuse, Mia accompagne Damiàn dans la principauté de Monte Cleure…

Une farouche princesse, de Millie Adams - N°4359

L'objectif du prince Javier de la Cruz est simple : ramener Violet King dans son pays, où elle épousera son frère. Seulement voilà, la belle héritière s'y oppose catégoriquement, pour la bonne raison que ce mariage a été négocié par son père sans même qu'elle soit mise au courant. Mais il y a pire encore : à peine Javier pose-t-il les yeux sur la farouche jeune femme qu'il sent un désir fulgurant l'assaillir. Alors qu'il brûle de conquérir Violet, comment accepter qu'elle puisse bientôt appartenir à un autre ?

Le mariage de Dora, de Louise Fuller - N°4360

Dora aime plus que tout le petit Archie, dont elle est aujourd'hui la tutrice. Le bébé est en effet sa seule famille. Aussi, quand l'impitoyable Charlie Law revendique la garde de l'enfant, est-elle prête à se battre contre lui. Une bataille qu'elle redoute de perdre, hélas, tant les moyens du milliardaire sont vastes, comparés aux siens. Désespérée, elle se résout à accepter le marché insensé que lui propose bientôt Charlie : elle pourra faire partie de la vie d'Archie... à condition de l'épouser !

Tentation grecque, de Michelle Douglas - N°4361

La mer, les fleurs odorantes, le chant des oiseaux... L'île grecque sur laquelle séjourne Audra est le cadre parfait pour se ressourcer et panser ses blessures. Du moins le croit-elle, car bientôt surgit dans sa villa Finn Sullivan, le meilleur ami de son frère. Si elle l'accueille bien volontiers sous son toit, elle redoute déjà leur cohabitation. Tous deux se connaissent si bien, trop bien. Mais pas encore assez, si Audra en croit le désir inouï qui rugit dans ses veines chaque fois que Finn s'approche d'elle...

Le séducteur de Bollywood, de Tara Pammi - N°4362

SÉRIE : *PASSION À BOLLYWOOD* - 1/2

Vikram est l'acteur le plus en vogue de Bollywood ; Naina, la modeste assistante qui travaille dans sa somptueuse propriété de Raawal Mahal. Mais, au cours d'un bal masqué, tous deux ne sont brusquement plus qu'un homme et une femme en proie au désir. Une danse, une nuit d'amour, et les voilà liés intimement. Mais quelques heures de plaisir peuvent-elles bouleverser l'ordre établi et rapprocher deux mondes que tout oppose ? Naina, sous le charme du très sexy Vikram, a tellement envie de croire à cet amour impossible...

**Séduite par son garde du corps,
de Susan Meier - N°4363**

SÉRIE : *LES MILLIARDAIRES DE MANHATTAN* - 2/3

Un garde du corps ? Jamais Charlotte n'aurait imaginé avoir besoin qu'un homme veille sur elle. N'est-elle pas une femme indépendante ? Seulement voilà, lorsque Jace MacDonald lui révèle qu'elle est l'héritière secrète d'un célèbre milliardaire, elle accepte sa protection rapprochée jusqu'à New York. Lui seul saura tenir à l'écart les paparazzis qui gravitent autour de sa toute nouvelle famille. Très vite pourtant, Charlotte regrette sa décision. Car les élans de son cœur pour Jace lui paraissent bien plus dangereux encore que les menaces qui pèsent sur son héritage...

Une nuit à Kildare House, d'Abby Green - N°4364

SÉRIE : *LA DYNASTIE MARCHETTI* - 1/3

Maggie s'est toujours crue immunisée contre la séduction des hommes riches et puissants. Elle en a côtoyé suffisamment pour connaître leurs travers. Pourtant, lorsqu'elle rencontre le mystérieux Nikos Marchetti, propriétaire de Kildare House dont elle est la gouvernante, elle sent son cœur battre follement et ses certitudes vaciller. Au point qu'elle cède à la passion que Nikos lui inspire, durant une nuit magique. Une nuit qui n'est pas sans conséquence, car bientôt Maggie découvre qu'elle attend un enfant de Nikos...

Si proche du roi, de Jackie Ashenden - N°4365

SÉRIE : *LA COURONNE D'AXIOS* - 1/2

Calista est soldat, membre d'élite de la garde royale. Sa mission est cruciale : veiller à la sécurité de Xerxes Nikolaides, prince d'Axios. C'est un honneur pour elle, mais une douce torture aussi. Car, pour son malheur, Xerxes est l'homme le plus beau que la Terre ait porté – et il le sait. Réputé pour être le plus grand don Juan d'Europe, cet homme aime les femmes comme le scandale. Calista doit donc veiller sur sa personne et sa réputation ! Si tant est qu'elle soit capable de ne pas rejoindre elle-même le rang de ses admiratrices et maîtresses...

La caresse de son ennemi,
de Rachael Thomas - N°4366

Voilà un an que Sébastien, son frère adoré, est mort. Un an que Charlie n'a plus trouvé le repos. Comment un talentueux pilote de course a-t-il pu avoir un accident lors d'un simple tour d'essai ? Une question qu'elle tient à tout prix à éclaircir. Aussi, lorsqu'elle est invitée en Italie par le partenaire en affaires de Sébastien pour assister au lancement du véhicule conçu par son frère, décide-t-elle d'accepter. Tant pis si Alessandro Roselli la trouble plus qu'aucun autre homme avant lui : elle sera assez forte pour se consacrer uniquement à son enquête. C'est pourtant sans compter sur le désir qui brille dans les yeux d'Alessandro. Prise au piège de la tentation, Charlie retrouve sous le regard de cet homme mystérieux les mêmes sensations qu'au volant d'une voiture de course : plaisir intense et ivresse du danger...